COLLECTION FOLIO

Meir Shalev

Ma Bible est une autre Bible

Traduit de l'hébreu
par Katherine Werchowski

Gallimard

Titre original :

TANAKH AKHSHAV

Éditeur original : Schocken Publishing, Israël, 1985.

Meir Shalev est né à Nahalal et vit à Jérusalem. Journaliste à *Yediot Aharonot,* le plus important quotidien israélien par son tirage, il est l'auteur de nombreux livres à succès parmi lesquels *Que la terre se souvienne, Pour l'amour de Judith* et *La meilleure façon de grandir,* tous traduits dans plusieurs langues. *Le pigeon voyageur* a été couronné par le prestigieux prix israélien Brenner 2006 et par le National Jewish Book Award 2007 aux États-Unis.

INTRODUCTION

Il y a quelques années, je tombai dans le quotidien *Ha'aretz* sur un article consacré à Booz et Ruth. Sous un voile moraliste et prude, il reprenait la voie éprouvée de l'exégèse traditionnelle, s'ingéniant à convaincre le lecteur que Booz et Ruth n'avaient point péché dans l'aire. J'adressai au journal un article faisant part de mes réactions à la suite duquel me fut proposée une rubrique régulière sur la Bible. Ainsi naquit la série *Ma Bible est une autre Bible.* Titre choisi par le rédacteur en chef à l'époque du journal, Ran Kislev. C'est ainsi que j'ai cru bon appeler également cet ouvrage qui réunit la plupart des articles de cette série, augmentée de quelques inédits.

J'ai grandi dans un foyer laïc imprégné par la Bible. Je me souviens encore d'orageuses discussions familiales au sujet du roi Saül qui jouissait de la sympathie de ma mère quand chez mon père il ne suscitait que de la pitié. Mes parents m'emmenèrent en excursion de Corea à Echtaol pour me faire découvrir le lieu de naissance de Samson ; au port de Jaffa d'où Jonas avait tenté de fuir son Dieu en partant pour Tarsis. Par-dessus le toit du monastère de Notre-Dame, mon père m'avait désigné l'aire d'Aravna le Jébuséen, aujourd'hui connu comme le Mont du Temple. À Meggido encore, nous avions pu admirer le Kishon, ce fleuve antique qui emporta et engloutit les chars de Sisera. Joseph, Héli et Jonathan ne furent pas moins les héros de mon enfance que Mooglie et le capitaine Nemo.

À l'école, j'appris comment David eut raison de Goliath. Les cinq pierres plates du torrent qu'il avait ramassées s'apparentaient aux livres du Pentateuque. Ainsi le prétendaient les Sages comme mon professeur. Mais mon père m'avait conduit au fleuve Ela pour me montrer l'endroit où bivouaquaient les fils d'Israël et où se tenaient les Philistins. Il m'avait expliqué qu'une fronde n'était pas un lance-pierres et il avait choisi cinq pierres sur la berge. M'agenouillant dans le lit sec de la rivière, j'avais senti le contact froid et lisse du caillou semblable à celui que David avait mis dans sa fronde. Goliath représentait le mal, la violence et l'arbitraire qui m'environnaient. David, quant à lui, était un petit enfant à lunettes, une pierre à la main qui avait eu raison des forces obscures.

L'exégèse traditionnelle, depuis toujours, s'efforça d'embellir les histoires de la Bible, de justifier les incuries de ses personnages et de les atteler à la charrette de la foi et des commandements. Les multiples réactions que je reçus des lecteurs du journal témoignèrent que les religieux semblaient considérer la Bible comme leur propriété privée et que bien rares étaient les laïcs prêts à se remettre en question.

Mais ma Bible est une autre Bible. Ses rédacteurs et ses protagonistes sont de chair et de sang. Elle n'a pas été rédigée par Dieu, et ses personnages ne sont ni saints ni purs. Je n'ai ni l'érudition d'un chercheur ni la motivation d'un commentateur. C'est un livre que j'aime lire et qui provoque en moi émotion et réflexion. Il recèle suffisamment de politique, d'amour, de foi et de pensée pour inciter le lecteur à réfléchir à ce qui se passe autour de lui, comme autrefois. Telle est l'orientation qui m'a amené à rédiger les différents chapitres de cet ouvrage.

CHAPITRE 1

Racket au Carmel

> « En apprenant la mort de Nabal, David dit : Béni soit le Seigneur qui s'est intéressé à mon injure et en a puni Nabal ! Il a épargné un méfait à son serviteur, et le méfait de Nabal, il l'a fait retomber sur sa tête puis David envoya faire parler à Abigaïl, désirant la prendre pour femme. »
>
> I Samuel, XXV, 39[1].

C'est l'histoire d'un chef de bande charismatique, d'une femme belle et intelligente et de son fortuné et irascible époux. Une histoire qui commence par un racket et qui finit par une mort mystérieuse. Argent, violence et amour — non pas à Chicago mais au Carmel sur les monts de Judée. Une histoire ancienne dont les héros sont Nabal de Carmel, sa compagne Abigaïl et le rebelle du royaume, David fils d'Isaï.

David fuyant Saül a rassemblé autour de lui une bande d'une centaine d'hommes. Des membres

1. Tous les extraits de la Bible sont tirés de la Bible, traduite du texte original par les membres du rabbinat français, Zadoc Kahn dir., éditions Colbo, 2002.

de sa famille : « tout homme en détresse, tous ceux qui avaient des créanciers, tous les désespérés », autrement dit, des gens guère sympathiques. David et ses hommes progressèrent d'abord le long de la frontière philistienne et dans la région d'Adoullam. Puis, du sud, ils remontèrent vers Hébron et le désert de Judée. Région austère et sauvage, refuge traditionnel des rebelles et des fuyards qui présentait l'avantage d'être proche du territoire de Juda, la tribu de David.

Sans jamais avoir connu Mao Tsé-toung, David savait cependant l'importance du soutien des autochtones aux rebelles à la royauté. Mais malheureusement pour lui, il ne parvint pas à l'obtenir. « Saül a battu ses mille, et David ses myriades ! » ressasse l'antienne biblique, mais bien qu'ayant sauvé la ville de Keïla des mains des Philistins et malgré sa forte popularité pour avoir vaincu leur chef Goliath, il ne bénéficia pas de l'aide des autochtones. Par deux fois même, les habitants voulurent livrer David à Saül. La première, ce furent ceux de Keïla, la ville ingrate, et la seconde, ceux du désert de Ziph. Aussi David dut-il aller se réfugier aux confins des villages. Ne parvenant pas à devenir le Robin des Bois de la Bible, il fut contraint d'agir pour nourrir ses hommes. Et c'est ainsi que David découvrit les avantages du racket. C'est ce que raconte l'histoire de Nabal de Carmel.

Le lecteur se réjouira de trouver ici la plupart des ingrédients du monde moderne du crime ainsi que certains aspects méconnus de la personnalité haute en couleur du chantre des Psaumes d'Israël.

« Or il y avait un homme à Maon, ayant son

bien à Carmel; cet homme était très notable, il possédait trois mille brebis et mille chèvres, et il assistait à la tonte de son bétail à Carmel. Cet homme avait nom Nabal et sa femme s'appelait Abigaïl. La femme était intelligente et belle, l'homme dur et de mauvaise conduite. C'était un Calébite. » La Bible plante le cadre de l'histoire. Le temps : l'époque de la tonte, jours de dur labeur, de grands profits et de festivités. Les protagonistes : le riche et insensible Nabal ainsi que sa femme Abigaïl, habile et jolie. Autre point d'importance — l'homme est un Calébite, c'est-à-dire de la famille de Caleb. Serait-ce Caleb, le fils du célèbre Yefouné, prince de Juda lors de la traversée du désert et l'un des douze explorateurs, à moins qu'il ne s'agisse du fils de Hesron ? Quoi qu'il en soit, il était membre d'une importante et noble famille que l'arrivée du garçon de Bethléem n'eut pas l'heur de réjouir.

À l'approche des jours de la tonte, David dépêcha auprès de Nabal dix de ses hommes avec à la bouche une modeste requête : « Sois en paix, en paix ta maison, en paix tout ce qui t'appartient ! Or, j'ai appris que l'on fait pour toi la tonte; tant que tes bergers ont été près de nous, nous ne les avons pas molestés, ils n'ont éprouvé aucune perte tout le temps de leur séjour à Carmel. Demande à tes gens, qu'ils te le disent ! Et que mes serviteurs trouvent bon accueil auprès de toi ; puisque nous sommes venus en un jour de fête. Veuille donner ce dont tu peux disposer à tes serviteurs et à ton fils David. » Dans ce texte, qui n'étonnera ni les restaurateurs de Brooklyn ni les bergers siciliens et encore moins les tenanciers des night-clubs de Tel-Aviv, chaque mot revêt de l'importance. L'approche apparaît fort courtoise et stylée. La menace, dissimulée, certes, est néanmoins claire. « Nous ne les avons pas molestés, ils n'ont éprouvé aucune perte » (sous-entendu : bien que l'on eût pu, bien sûr, le faire), « j'ai appris que l'on fait pour toi la tonte [...], nous sommes venus en un jour de fête ». (Il serait donc dommage que l'on gâche ces réjouissances... et ne vaudrait-il pas mieux renoncer à quelques pourcentages du bénéfice escompté ?) Les hommes de David après avoir fini de rapporter les propos de leur chef se tinrent à l'écart. « Puis ils attendirent. » N'ayant pas l'intention de s'en aller ainsi, ils attendaient patiemment une réponse.

Qui n'adhère pas à ce point de vue exégétique des événements pourra trouver quelque consolation dans l'interprétation de Rashi, lequel appréhende autrement la situation. Ce dernier en effet affirme que les hommes de David se présentèrent lors de Rosh Hashana (« nous sommes venus en un jour de fête ») et la demande de ces jeunes garçons nécessiteux mais délicats se limite à de l'argent pour le repas de fête à l'instar des indigents qui les nuits de Noël venaient chanter sous les fenêtres du seigneur dans l'espoir de recevoir quelques biscuits. La suite de l'histoire montre que cette interprétation est plausible. Même s'il ne s'agit pas du nouvel an, des jours austères en effet suivront.

Refus mortifiant

Nabal ne comprit pas que la demande de David était de ces propositions qui ne se refusent pas.

Nabal n'allait pas faire mentir son nom[1]. Et dans cette histoire il se révèle en effet particulièrement insensé. Sans être réellement fou, c'était un sot grossier et sans imagination. Il éconduit les hommes de David de façon blessante et agressive : « Qui est David ? Qui est le fils de Jessé ? Il y a beaucoup de serviteurs aujourd'hui qui s'émancipent de chez leurs maîtres ! Et je prendrais mon pain, mon eau, mes bêtes que j'ai tuées pour mes tondeurs, et je les donnerai à des hommes venus je ne sais d'où ! »

L'humiliation est triple. Nabal qualifie David d'esclave évadé flanqué d'une horde de soudards fuyant Saül. Il insulte sa famille et ses origines, faisant mine d'ignorer « qui est le fils de Jessé ». Plus grave encore : il parle de lui comme d'un inconnu, comme l'un de ses subordonnés, faisant fi de son nom glorieux — qu'incontestablement il connaissait.

Les hommes de David, avec un sang-froid remarquable, écoutent ces propos outrageants avant de s'en repartir vers leur chef pour lui raconter ce qui s'est passé. La grande erreur de Nabal fut de ne pas laisser à David le choix d'une réaction modérée ou d'une quelconque négociation. Si David voulait conserver son autorité de chef, il lui fallait à présent répondre de la manière la plus forte. N'oublions pas que David n'était pas simplement un chef de bande local. Il nourrissait aussi l'ambition d'obtenir la couronne et il avait déjà d'ailleurs été, pour cela, oint par Samuel qui avait pressenti en lui le remplaçant de Saül. Sa crédibilité mise à l'épreuve, il se retrouvait

1. L'adjectif *nabal* signifie insensé, fou, mais aussi avare.

chef à la tête d'une immense force pour l'époque (quatre cents hommes), afin d'apprendre à Nabal de Carmel — et à quiconque souhaiterait le rejoindre — ce que signifiait un refus effronté au caïd local. Sans s'en rendre compte, Nabal venait de signer sa perte.

Mais Abigaïl, la femme « intelligente » de Nabal, avait tout compris. Et l'histoire, qui était censée s'achever au bout de quelques heures dans le carnage et le pillage, prit un tour des plus surprenants en raison d'une intervention féminine. Abigaïl ayant eu vent de la bouche d'un berger de ce qui s'était passé s'empressa de charger ses ânes de généreux présents pour se concilier les bonnes grâces de David. La voilà partie sans mot dire à son mari. Deux raisons expliquent cela : premièrement, elle connaissait son mauvais caractère et sa colère prompte à se déclencher ; deuxièmement, à ce moment-là déjà, Abigaïl était en train de fomenter quelque manigance ô combien complexe.

Au lecteur qui pourrait penser que Nabal a eu de la chance grâce à la bonté et à la sagesse de sa femme, œuvrant pour le sauver du courroux de David, une surprise lui est réservée. Et une surprise pire encore attend Nabal lui-même. Abigaïl va en effet se révéler une personnalité bien plus machiavélique que les deux hommes réunis.

Entre-temps, David progressait à la tête de ses hommes en direction des enclos de Nabal. Il empruntait un sentier montagneux, armé de son épée, fulminant de colère : « C'est donc en vain que j'ai préservé tout ce que cet homme possédait dans le désert [...]. Et lui m'a rendu le mal pour le bien ! Que Dieu en fasse autant et plus aux ennemis de David si d'ici au point du jour je laisse subsister, de ce qui lui appartient, la moindre créature! » Quelque rédacteur anonyme a semble-t-il ici pris la peine de désigner David comme le gardien du menu bétail de Nabal, mais qui aurait seulement loué ses services en tant que berger? Si David avait été gardien de troupeaux, il serait alors venu participer aux fêtes de la tonte, aurait reçu son salaire comme les autres ouvriers et il n'aurait point alors envoyé ses hommes réclamer de cadeaux. Cadeaux qui n'étaient rien d'autre que du racket. Abigaïl se hâtant, avec ses ânes chargés de présents, sait qu'elle va à la rencontre d'un homme blessé en colère et impitoyable. Mais tel est son plan. Dès qu'elle voit David, elle se jette sur lui, oui, sur lui et non à ses pieds. Abigaïl est une très belle femme, et nous savons que David est sensible au sexe faible, d'autant qu'à ce moment-là il est seul. Mical, la fille de Saül, sa compagne légitime, est demeurée dans la maison paternelle. Depuis longtemps déjà, l'atmosphère érotique de cette rencontre entre Abigaïl et David a été l'objet de maints commentaires. Les Sages ont laissé sur le sujet libre cours à leurs pensées. Dans le traité Sanhédrin on peut lire : « À sa vue, ils furent excités au point d'éjaculer. » Dans le traité Méguila, on apprend que David désira Abigaïl dès leur première rencontre. Mais elle avait alors ses règles. « De sa nudité elle prit son sang et lui montra. » Quelle histoire! Qui d'un côté excite l'imagination criminelle et de l'autre les fantasmes sexuels. Mais laissons les Sages et Abigaïl agitant sa main ensanglantée de ses menstruations devant David et devant ses hommes aux culottes mouillées pour revenir à nos moutons.

Ainsi donc, la jeune femme, se précipitant sur David, se lança dans une tirade de huit versets qui rivalisent chacun en beauté et en subtilité. Le lecteur intéressé pourra consulter le premier livre de Samuel, chapitre XXV. Ces versets recèlent, à dose homéopathique, flagornerie, supplication et allusions explicites à l'avenir politique de David, avec pour finir une suggestion stupéfiante.

Tout cela n'avait en effet pour finalité que d'enrober son propos afin de permettre le retour de David dans son camp sans qu'il ait besoin de porter la main sur Nabal. Abigaïl sous-entend dans ses paroles sa liquidation par ses propres mains. D'un ton sentencieux, la proposition tombe : « Oui, ils seront comme Nabal, tes ennemis, ceux qui veulent du mal à mon seigneur ! » Ce n'est pas une offre en l'air. Cela vaut la peine de comparer ce verset avec cet autre : « Puissent-ils éprouver le sort de ce jeune homme, les ennemis de mon seigneur le roi et tous ceux qui se sont levés contre toi pour te nuire ! » Ce sont les mots par lesquels l'émissaire de Joab annonce à David la mort d'Absalon (II Samuel XVIII). La ressemblance stylistique est édifiante. Abigaïl choisit apparemment cette formule convenue pour signifier que Nabal était désormais quantité négligeable. Quoi qu'il en soit, il est clair que si Abigaïl avait eu l'intention de sauver son mari des griffes de David, elle n'aurait jamais dit : « Ils seront comme Nabal, etc. » Mais elle ne s'en tient pas là, ajoutant à l'intention de David que sa suppression par ses propres mains n'entraînera pour lui qu'« un écueil, une cause de remords » lorsqu'il deviendra « chef d'Israël ». Ainsi est-il préférable qu'il soit liquidé par quelqu'un d'autre de manière discrète et élégante, autrement dit de ses propres mains.

Dans l'univers du racket, il est d'usage de payer pour une disparition. Aussi Abigaïl fixe-t-elle son salaire : « Alors l'Éternel te rendra heureux, et tu te souviendras de ta servante. » Nous verrons plus loin le sens de ce souvenir. Il est cependant clair qu'elle ne demande pas de salaire pour ses fruits secs, mais pour un service autrement plus important. David entend le message et rebrousse chemin. Il attend de voir comment les choses vont tourner. Abigaïl revenue vers son mari le trouve ivre et d'humeur gaie. Ce sot n'a pas compris de quel danger il vient de réchapper grâce à sa femme et quel danger elle-même représente pour lui à présent.

Mais « au matin, l'ivresse de Nabal étant dissipée, sa femme lui conta ces faits. Il sentit son cœur défaillir et il devint comme une pierre. Environ dix jours après, Nabal, frappé d'un coup du ciel, expirait. » Il me faut à nouveau recourir ici à Rashi, qui dans une saillie non dénuée d'humour explique que Nabal eut une attaque, désespéré par l'excessive largesse d'Abigaïl à l'endroit de David. Même un détective débutant n'avalerait pas cette histoire. Une paralysie générale et la mort quelques jours plus tard font davantage penser à un empoisonnement qu'à une crise cardiaque. Et le poison le plus plausible est la ciguë, connue de la Bible ainsi que de la littérature grecque. Cela n'a rien de péremptoire, mais c'est un témoignage de plus qui vient étayer l'hypothèse qu'Abigaïl assassina bien son mari après avoir comploté avec David.

Le soupçon ne peut qu'être conforté, car, après

cette mort mystérieuse, David envoya sur-le-champ des émissaires pour avertir Abigaïl qu'il désirait « la prendre pour femme ». S'éclaircit désormais ce qu'elle voulait signifier lorsqu'elle lui avait dit « tu te souviendras de ta servante ». À nouveau Abigaïl part à la rencontre de David à dos d'âne (peut-être s'agissait-il du même animal que celui qu'elle montait lorsqu'elle rencontra pour la première fois David ; témoin muet de leur complot et dont Dieu n'ouvrit point la bouche par crainte que ne soit souillé l'honneur royal...).

Les noces de David et d'Abigaïl intervinrent dans une certaine précipitation, cause probable d'un détail piquant bien que marginal. Dans II Samuel III, on peut lire : « Des fils naquirent à David à Hébron. Le premier-né fut Amnon qu'il eut d'Ahinoam, la Jezréelite ; son puîné, Kilab par Abigaïl, veuve de Nabal le Carmélite ; et le troisième, Absalon... » Dans I Chroniques III, il est écrit en revanche : « Voici les fils de David qui lui naquirent à Hébron : le premier-né fut Amnon qu'il eut d'Ahinoam, de Jezréel, le deuxième Daniel, qu'il eut d'Abigaïl de Carmel, le troisième Absalon... » Les exégètes ont déjà donné leur avis quant au fait que Kilab, fils d'Abigaïl, fût appelé l'on ne sait pourquoi Daniel dans les Chroniques. Selon Rabbi Itzhaq : « Les railleurs de l'époque avaient coutume d'affirmer qu'Abigaïl était enceinte de Nabal » et que « Kilab » était à rapprocher de « Kileaïm » (bâtard). Les choses auraient pu en rester au stade de la facétie sur le dos de la royauté si, d'un point de vue politique, ce même Kilab n'avait été totalement inexistant. Le fils aîné, Amnon, pour avoir violé Tamar fut assassiné par le troisième fils Absalon, lequel se considéra comme dauphin. Mais du cadet qu'en est-il ? Pourquoi n'entendit-on pas parler de ce Kilab lors de la guerre de succession à la fin de l'existence de David ? Il y avait apparemment quelque chose de vrai dans les insinuations de tous ces railleurs. Le manque de clarté quant à l'identité du père le rendait en effet inapte à pouvoir prétendre à la succession.

Le plus curieux est que ce nom ridicule de Kilab, qui recèle en lui son secret, tout comme l'expression « femme de Nabal de Carmel » accolée à celui d'Abigaïl, alors qu'elle était déjà l'épouse de David, ont tous deux disparu du livre des Chroniques. Ces dernières en outre ont pris soin de supprimer de l'histoire du roi David l'affaire de l'adultère et du meurtre liés à Urie et à Bethsabée ; mais cela soulève un autre problème, celui de la réécriture de l'Histoire par le pouvoir, sujet qui mérite à lui seul une réflexion à part entière.

CHAPITRE 2

Dans le pays d'Orient, auprès du puits

« Jacob servit, pour obtenir Rachel, sept années ; et elles furent à ses yeux comme quelques jours, tant il l'aimait. »

Genèse XXIX, 20.

De tous les héros de la Bible, le seul à susciter ma jalousie est Jacob. Non pas pour les nombreux moutons qu'il possédait ni pour avoir été le père des douze tribus, mais à cause de son premier rendez-vous avec Rachel, sa bien-aimée, devant le puits, dans le pays d'Orient. Tout homme ayant connu le poids et les tourments d'un premier rendez-vous sait bien ce qu'il en est et me comprendra aisément.

Je m'arrêtai un jour, dans un magazine américain, sur une publicité pour un nouveau livre destiné aux hommes en quête de conquêtes féminines. L'annonce promettait entre autres aux acquéreurs de l'ouvrage une cinquantaine d'entrées en matière éprouvées. Phrases brillantes et subtiles censées attirer le cœur de la demoiselle convoitée dans les rets charmeurs de l'éloquence masculine. Quelques mots seulement, mais si prometteurs ! On pourrait bien sûr considérer cela comme une extravagance américaine de plus, mais ce serait malheureusement trop facile. Au-delà du ridicule de la chose, il faut pourtant reconnaître que derrière tout cela se cache une véritable détresse masculine. Tout le monde ne peut s'enorgueillir d'avoir la gueule de Robert Redford, le corps de Burt Reynolds ou l'emphase de David Levi. Le rituel de la première rencontre est familier à bien des hommes. À l'âge de pierre, les briseurs de cœurs s'en allaient tuer des ours des cavernes pour impressionner les élues velues de leur cœur. Il nous faut aujourd'hui accomplir des exploits moins dangereux mais éminemment plus risibles. Nous nous pavanons, déployons nos plumes pseudo-intellectuelles, nous rengorgeons de nos succès, de notre humour, de notre intelligence... Et qui se remémore le déluge de futilités, le verbiage et les feux d'artifice qu'il dut tirer lors de ses premiers rendez-vous a bien quelque raison de jalouser Jacob qui rencontra Rachel devant la margelle du puits.

Première impression

Le lecteur n'a pas oublié, bien sûr, comment Rébecca et son fils préféré dupèrent le vieil Isaac et Ésaü. Dans le livre de la Genèse, chapitre XXIX, l'humble habitant des tentes, la bénédiction usurpée de son père en poche, fuit la vengeance de son frère. Jacob n'avait d'yeux que pour l'Est, vers la famille de sa mère à Harân. Arrivé à destination, il croisa des bergers qui rassemblaient leurs troupeaux. Ce n'était ni un paysan ni un aventurier, et l'on peut aisément imaginer le soulagement qu'il ressentit lorsque ces hommes lui dirent qu'ils connaissaient son oncle Laban. Ils lui expliquèrent qu'ils avaient l'habitude de faire ensemble rouler la pierre qui recouvrait le puits afin que le bétail puisse s'abreuver. Sa grosseur et son poids empêchaient qu'un homme la déplace seul pour faire boire ses bêtes avec parcimonie, une fois leur tour venu.

Une charmante bergère s'était alors approchée du puits. Les bergers apprirent à Jacob que c'était sa cousine, Rachel. Pour la première fois, ses yeux se posèrent sur celle qui devait devenir sa bien-aimée et son épouse et avec laquelle il allait tisser une histoire à nulle autre semblable. Rachel est la seule femme à qui la Bible attribue la double épithète de « belle de taille et belle de visage ». Lorsque cette ravissante jeune fille s'approcha du puits, Jacob se sentit transporté au point de commettre un acte qui eût davantage convenu à la nature du héros Samson qu'à celle de ce paisible habitant des tentes du pays de Canaan.

« Lorsque Jacob vit Rachel [...], il s'avança, fit glisser la pierre de dessus la margelle du puits et fit boire les brebis de Laban, frère de sa mère. Et Jacob embrassa Rachel, et il éleva la voix en pleurant. » Jacob n'était ni un héros guerrier ni un homme d'une grande vigueur. Excepté l'épisode de la pierre, il n'intervient dans un contexte similaire que lors de l'histoire mystérieuse et sibylline de sa lutte contre l'ange au gué du Jaboq. À côté de son rustre frère, Ésaü, et plus tard, face à ses fils violents, Jacob apparaît comme un homme calme et pacifique, dépourvu de tout héroïsme physique. En voyant sa gracile cousine, ses forces avaient décuplé et il était parvenu à déplacer la lourde roche. « Comme s'il ôtait le bouchon d'un flacon », ainsi qu'aimaient dire nos Sages.

Nul doute que le comportement de Jacob impressionna, stupéfia même tous ceux qui étaient présents, à commencer par Rachel. Celle-ci ignorait encore que ce magnifique étranger était le fils de sa tante Rébecca de Terre sainte. À son grand étonnement, l'homme inconnu ne se contenta pas d'ouvrir le puits, mais il s'empressa aussi d'abreuver ses moutons. Et à peine remise de sa surprise devant sa force et sa prévenance, voilà que l'étranger se précipitait pour l'embrasser avec fougue devant tous les bergers. Aujourd'hui encore, il est bien rare d'agir ainsi à la première rencontre comme il serait bien sûr particulièrement discourtois de se comporter de la sorte avant d'avoir fait connaissance — et à plus forte raison encore, dans l'Orient ancien de ce temps.

Embrassades et larmes

Revenons attentivement sur l'ordre subtil des actes de Jacob. D'abord il identifie Rachel, puis il fait rouler la pierre, abreuve le bétail, l'embrasse et éclate en sanglots pour seulement ensuite se présenter comme son cousin de Canaan. Il faut bien admettre que cet ordre apparaît surprenant selon les règles usuelles de la bienséance. C'est précisément pourtant ainsi que Jacob conquit le cœur de Rachel. S'il avait agi selon les préceptes des manuels de savoir-vivre, il se serait bien évidemment d'abord présenté, mais la première impression de surprise eût alors été bien faible et bien vite émoussée. Cependant, du point de vue de Rachel, cet étranger a bien agi à son égard. Il a fait rouler la pierre, a abreuvé ses bêtes, avant de faire montre d'audace et d'insolence en l'embrassant. Puis il a éclaté en sanglots et lui a révélé qu'il « était le fils de Rébecca ». Rachel comprit alors la liberté qu'il avait prise et courut avertir son père de la visite de cet hôte. Néanmoins, la première impression gravée dans son cœur resta celle d'une rencontre amoureuse et non celle d'une rencontre entre cousins. Ce baiser donné par Jacob près du puits était à ses yeux celui d'un soupirant.

Le baiser de Jacob et Rachel devant le puits marqua évidemment les esprits. Il est impossible que Jacob notre ancêtre, ce juste fils de justes, qui porte le nom d'Israël et qui fut le père d'une douzaine de tribus, ait pu ici pécher par concupiscence et outrepasser les règles de la décence. Nahmanide, au XIIIe siècle, à propos de ce baiser affirme que « Rachel était petite et qu'il n'y a pas lieu de s'inquiéter face à l'assertion "Jacob baisa Rachel" [...], car la construction syntaxique du verbe "embrasser" indique qu'il ne s'agit pas d'un baiser sur la bouche mais qu'il ne fit que la baiser sur le front ou sur l'épaule ». S'il le dit... ! Dans le Yalqout de Siméon de Francfort, on peut lire : « Tout baiser est frivole, à l'exception de trois — le solennel (à l'instar du baiser de Samuel à Saül lors de l'onction royale) — le baiser de retrouvailles (celui de Moïse à Aaron après une longue séparation) et enfin le baiser chaste (celui d'Orpah à sa belle-mère Noémi). » On peut ajouter l'observation de Rabbi Tanhuma selon lequel un baiser empreint de familiarité, à un proche, ne saurait être frivole ; ainsi est-il écrit : « et Jacob embrassa Rachel », laquelle était sa parente.

Si un baiser d'amour est une affaire frivole, chacun — à commencer par Rabbi Tanhuma — ne se prive pas d'émettre son avis sur le sujet. Cela mis à part, il convient de garder à l'esprit que, lorsque Jacob embrassa Rachel, elle ignorait qu'il s'agissait du baiser d'un proche, ce que Rabbi Tanhuma, lui, en revanche, savait. Jacob était pertinemment conscient de ce qu'il faisait à cet instant. Garçon judicieux et intelligent, ce n'est pas par hasard qu'il repoussa au dernier moment sa présentation à sa belle cousine. Ce baiser osé auprès du puits brûla les lèvres de la belle sept années entières. De même, les larmes de Jacob témoignent de la forte émotion qui s'était alors emparée de lui. Bien des commentaires furent écrits à ce sujet. D'aucuns prétendirent que Jacob avait pleuré pour ne pas avoir apporté de présents avec lui contrairement à Élièzer, le serviteur d'Abraham, lorsqu'il était venu quérir un beau parti pour Isaac. D'autres affirmèrent que Jacob avait déjà vu dans une prophétie que Rachel ne serait pas enterrée avec lui ; ou dans un autre commentaire encore — que les bergers avaient cancané et l'avaient dénigré pour avoir osé embrasser Rachel.

Chaque commentaire a ses raisons, néanmoins ces larmes traduisent apaisement et soulagement. Après avoir fui, erré, connu le danger et la solitude, Jacob arrivait enfin chez les siens. À présent certain d'être à l'abri de la vengeance d'Ésaü, il se sentait en sécurité, rasséréné, au sein de la famille. Il ignorait encore ce que l'oncle Laban lui réservait. Aussi se laisse-t-il aller à fondre en larmes. Le voilà enfin au terme de ses tribulations par les chemins et son premier amour commence à irradier dans le ciel de son existence.

Les larmes de Jacob avaient, c'est certain, touché le cœur de Rachel. En une heure, la jeune bergère de Harân sentit que son existence allait changer. Un inconnu était arrivé d'un pays étranger. Celui-ci l'avait étonnée par sa force et sa hardiesse, l'avait embrassée et l'avait aidée. Maintenant, elle aussi voyait clair dans son cœur tendre et sensible. Cette heure extraordinaire devant le puits les avait dotés l'un et l'autre de la force nécessaire pour surmonter les pénibles épreuves qui les attendaient.

Pour Rachel, ta plus jeune fille

Le second baiser de la journée, Jacob le reçut de Laban, le frère de sa mère et le père de Rachel. Ainsi rencontra-t-il l'homme qui allait lui faire boire la coupe jusqu'à la lie pendant les vingt années qui allaient suivre. Si Jacob avait bien vu dans une prophétie que Rachel ne serait pas ensevelie à ses côtés, il n'était malheureusement pas parvenu à prévoir comment il allait être abusé par Laban comme lui-même avait semblablement agi en se jouant de son père aveugle dans la lointaine terre de Canaan. Jacob devint l'hôte de son oncle pour qui il se mit à travailler. Un mois passa avant que Laban ne lui demande : « Déclare-moi quel doit être ton salaire ? » Rien n'avait été convenu au préalable ; une erreur que Jacob allait chèrement payer. « Je te servirai sept années pour Rachel, ta plus jeune fille », lui répondit-il. Et c'est ainsi que Jacob tomba entre les mains de son oncle sans cœur. Cet abominable et grossier personnage avait compris précisément l'ampleur de l'amour qu'il éprouvait pour sa fille et quel sacrifice il serait prêt à lui consentir. Dès lors se forgea dans le cœur de Laban le dessein qu'il allait mettre à exécution sept ans plus tard.

Si l'amour aveugle les justes, il dota néanmoins Jacob de la force qui lui permit de travailler pour Rachel, la cadette. Sept années pleines s'écoulèrent. Années de dur labeur et de souffrances autant physiques que mentales. Vingt ans plus tard, quand Jacob quittera Laban, il lui jettera à la figure, plein de colère : « j'étais, le jour, en proie au hâle et aux frimas la nuit ; et le sommeil fuyait de mes yeux. »

Mais la Bible dit « Jacob servit, pour obtenir Rachel, sept années ; et elles furent à ses yeux comme quelques jours, tant il l'aimait ». Chaque fois que je lis ce verset, mon cœur se serre de jalousie. Jalousie envers celui qui a écrit cette histoire et formulé cette phrase ; pour moi, la plus belle, à n'en pas douter. Jalousie envers Jacob, bénéficiaire et jouisseur d'un tel amour qu'il consacra comme unique objectif de son existence.

Bien des années plus tard, lorsqu'il dit à Laban : « le sommeil fuyait de mes yeux », c'était comme si Jacob déchirait un voile infime dans la profondeur des tourments qui le tenaillaient. Dures et pénibles années. Seul l'amour put le soutenir et l'encourager. En réalité, Jacob était devenu esclave dans la maison de Laban. Esclave de la froide méchanceté d'un homme qui savait que sa victime ne s'en retournerait pas par peur de la vengeance d'Ésaü et qui avait compris à quel point son âme était liée à sa fille cadette, Rachel.

Mais par-dessus tout, Jacob était esclave de son amour. Harân, il y a quatre mille ans, était loin de ressembler aux cités universitaires de nos étudiants aujourd'hui. Jacob pouvait voir celle pour qui il brûlait, ici et là, en rentrant du pâturage, mais il ne pouvait évidemment pas s'attarder en privé avec elle ni entretenir la moindre relation. La Bible ne consacre qu'un seul verset à ces sept années. La nostalgie, le cœur brisé, la solitude, le désespoir — tout cela, le lecteur doit se l'imaginer seul.

Il est facile de trouver dans la Bible des parallèles avec la vie actuelle. Une profusion de personnalités politiques et militaires, d'élites religieuses et guerrières, de versets ciblés et de comparaisons des sources stimulera ceux qui ont plaisir à la lire à travers la lorgnette d'une conscience politique contemporaine. Mais si Josué, fils de Noun, avait eu entre les mains une demi-tonne de dynamite, si Achab avait possédé un blindé, s'il y avait eu des élections démocratiques à l'époque du roi Salomon, le visage de la Bible en serait totalement changé. Seul le cœur aimant et languissant de Jacob dévoré par le tourment continue de battre aujourd'hui, comme en ce temps-là, dans le pays de l'Orient, auprès du puits.

Mais Jacob lui-même, souffrant et se consumant d'impatience, n'avait pas prévu que le jour de ses noces avec Rachel, jour qui devait apparemment marquer la fin de ses vicissitudes, allait porter son affliction ainsi que ses sacrifices à leur comble. De son vivant, il n'oublia jamais ce matin quand il se réveilla et qu'il tourna le visage vers sa nouvelle femme : « Voilà que c'était Léah ! » En de tels instants, la réalité dépasse l'entendement. Au début Jacob ne saisit qu'une chose — qu'il avait été victime d'une ruse odieuse. Puis, envahi de honte et de dégoût, lui revinrent, en son esprit endolori, les images de la nuit de noces. Comment il avait étreint ce corps chaud et brûlant de désirs dans la lourde obscurité. Comment il avait murmuré « Rachel ! Rachel ! » à de mauvaises oreilles, et comment il avait pris Léah, avec toute la puissance de son amour et de sa passion, pour Rachel qui l'avait attendu sept années entières.

Jacob comprit alors la misère des deux sœurs. Celle qui avait dormi dans son lit et avait cette nuit-là senti la chaleur de son ardeur et de son désir tout en sachant qu'ils ne lui étaient pas destinés. Celle qui resta éveillée jusqu'à l'aube, allongée en silence sous une autre tente, imaginant tout ce qui se passait sur la couche du jeune couple. Un tel imbroglio ne pouvait être que l'œuvre d'un grand stratège. Nous, simples lecteurs, ne pouvons qu'imaginer ou supputer la puissance des sentiments, des désirs et la douleur qui plana cette nuit dans le ciel de Harân.

Le seul à dormir sereinement, repu et paisible, était Laban l'Araméen. Il dut faire à n'en pas douter des rêves triomphants. Son dessein avait fonctionné à merveille, dessein facile à exécuter bien que retors et abyssal comme l'enfer au fond duquel ces âmes venaient d'être précipitées. La substitution de Rachel par Léah fut un acte que seule une âme aussi vile que la sienne avait pu fomenter. Il n'y avait bien que lui capable d'agir ainsi pour bénéficier gratuitement d'un ouvrier sept autres années encore. Laban n'agit d'ailleurs pas par désir de vengeance, par sadisme ou rancune, mais par sordide avarice propre à un vulgaire propriétaire terrien. (Au lecteur peut-être surpris par la véhémence de ces dernières lignes, je dirai sincèrement que je déteste et abhorre Laban bien que je n'aie jamais eu le privilège de le connaître personnellement. C'est la grandeur de la Bible de pouvoir susciter en nous de tels sentiments à l'égard de ses héros.)

Mais Jacob non plus n'était pas sans tache. Le lecteur a clairement senti que la nuit de noces était un châtiment direct pour l'imposture commise à l'endroit de son père et de son frère avec la complicité de la grande instigatrice, sa mère Rébecca. Celle-ci avait recouvert sa peau glabre de poils de chèvre pour qu'Isaac, aveugle et abusé, croie que se tenait devant lui Ésaü à l'abondante pilosité. Même si Isaac se fit à lui-même la remarque : « Cette voix, c'est la voix de Jacob, mais ces mains sont les mains d'Ésaü. » Pourtant, en dépit de sa perplexité, il était tombé dans le piège et avait octroyé sa bénédiction au jeune imposteur. Cet acte grave toucha néanmoins mortellement Ésaü autant qu'Isaac. Une bénédiction paternelle n'était pas chose légère en ces temps-là et leur réaction, lorsque le stratagème fut découvert, fut plus violente encore que celle de Jacob quand il découvrit Léah dans son lit. Isaac « fut saisi d'une frayeur extrême », quant à Ésaü il « poussa des cris bruyants et douloureux ».

L'on peut voir aisément un certain parallèle entre Rébecca et Laban. Ces deux escrocs jouèrent l'un l'autre sur la vue déficiente de leur victime. Dans le cas d'Isaac, il perd la vue en raison de sa vieillesse, et dans celui de Jacob, la faute en revient à l'obscurité de la nuit. Quoi qu'il en soit, dans les deux cas les esprits s'illustrent par leur douteuse intégrité et leur piètre moralité.

L'aimée et la détestée

Les prévisions de Laban selon lesquelles Jacob serait prêt à travailler sept années supplémentaires pour obtenir Rachel s'avérèrent justes. À présent, marié à deux sœurs, à l'ombre du traumatisme de la nuit de noces, Jacob est mis à l'épreuve de l'amour pérenne de Rachel. Jusqu'à maintenant, cet amour avait dû subir attente et sacrifice. Pour l'heure, il lui fallait surmonter l'épreuve banale du mariage, venant s'ajouter au cas complexe de sa propre famille.

La première période du mariage présente Léah comme une femme fertile quoique détestée, avec face à elle Rachel — stérile mais en revanche aimée. C'est ainsi que va se développer dans cette singulière famille une infortune à multiples facettes. Jacob ne dissimulait pas sa claire préférence pour Rachel. « Il persista à aimer Rachel plus que Léah », écrit l'auteur de la Genèse.

En un langage plus clair encore que l'on ne saurait réfuter, il est écrit : « le Seigneur considéra que Léah était dédaignée, il rendit son sein fécond, tandis que Rachel fut stérile. » L'affliction et la tristesse de Léah, elle-même victime des intrigues de son père, s'affichent de manière poignante dans les noms des fils qu'elle donne à

Jacob les uns après les autres. « Léah conçut et enfanta un fils. Elle le nomma Ruben : "parce que, dit-elle, le Seigneur a vu mon humiliation, de sorte qu'à présent mon homme m'aimera." Elle conçut de nouveau, et enfanta un fils. "Parce que le Seigneur a entendu que j'étais dédaignée, dit-elle, il m'a accordé aussi celui-là." Et elle l'appela Siméon. Elle conçut de nouveau, et enfanta un fils. Elle dit : "Ah ! Désormais mon époux me sera attaché, puisque je lui ai donné trois fils." C'est pourquoi on l'appela Lévi. »

Les noms des garçons apparaissent comme autant de cris de douleur de Léah. On ignore si elle aimait Jacob avant qu'ils ne se marient, mais il est certain qu'à présent, compagne détestée, elle est déterminée à le conquérir. Son arme est la fertilité. Avec toute la désapprobation que l'on peut être tenté d'éprouver à l'égard d'un tel combat, l'avenir prouva que c'était un calcul judicieux.

Rachel jouit de son statut de femme aimée. Le lecteur a compris que Jacob fit néanmoins preuve de persévérance et il est difficile de l'accabler. Il n'a jamais caché son penchant pour elle ni la contrainte qu'il ressentit dans son mariage avec Léah. Mais Jacob était père de famille et ses quatre jeunes fils — Ruben, Siméon, Lévi et Juda — réjouissaient son cœur. Avec le temps, ces sentiments irradièrent aussi vers leur mère. Ainsi mûrit une jalousie réciproque entre les deux sœurs. Léah jalousait Rachel à cause de l'amour de Jacob. Quant à Rachel elle jalousait Léah d'avoir enfanté ses fils. Une situation si tendue ne pouvait qu'ébranler de plus en plus les relations au sein de la famille, qui dès le début avait été bâtie sur des fondements pervers. Au fur et à mesure que le temps passait, Rachel perdait son avantage. Le cœur de Jacob n'était plus celui du jeune berger prêt à servir pour elle pendant sept ans. Il était désormais père, mari, éleveur de grands bétails. Rachel, la jolie jeune fille du puits au pays de l'Orient n'était plus qu'une image lointaine occultée par la physionomie dépitée d'une femme stérile. L'intrigue n'attendait que la première querelle, laquelle ne tarda pas à arriver.

Donne-moi des fils !

La querelle éclata lorsque Rachel réclama à Jacob : « Rends-moi mère, autrement j'en mourrai ! » Évidemment, reproches et disputes se multiplièrent entre les deux sœurs, ce qui n'avait pas l'heur de plaire à Jacob. Une once de désespoir, quasi hystérique, transparaît dans les propos de Rachel. Il se peut qu'elle fût la cause de l'ire de Jacob qui rétorqua avec rudesse : « Suis-je à la place de Dieu, qui t'a refusé la fécondité ? » Il convient de rappeler ici un autre fameux couple biblique qui connut une situation similaire, Hanna et Elkana, les parents du prophète Samuel. Là aussi, dans I Samuel I, le lecteur trouvera une femme aimée et stérile face à sa rivale fertile. Là aussi, l'épouse stérile réagit avec émotion et nervosité. Si ce n'est qu'Elkana, dont je ne suis pas certain qu'il eût été capable des sacrifices consentis par Jacob pour obtenir Rachel, se révéla un mari aimant et compréhensif. « Pourquoi pleures-tu ? Pourquoi ne manges-tu point ? dit-il à Hanna, et pourquoi ton cœur est-il affligé ?

Est-ce que je ne vaux pas, pour toi, plus que dix enfants ? » On ne peut pas dire que ce soit un propos particulièrement intelligent, mais il témoigne du cœur aimant et compatissant d'Elkana. Jacob ne fit pas preuve de la même patience et de la même longanimité.

Le chapitre XXX du livre de la Genèse est une longue célébration de fécondité, de mises bas, de naissances, d'accouplements, de ruts, d'unions, de mandragores, de bébés et de jeunes agneaux. Folle atmosphère ! Jacob réussit dans l'hybridation de ses brebis comme dans la multiplication de son troupeau et il semble que chaque créature à portée de son regard se fût mise à concevoir, excepté Rachel. À la maison les servantes Bilha et Zilpa allèrent bientôt rejoindre le cercle des grossesses de notre ancêtre Jacob. Thomas Mann, écrivain inspiré s'il en est, a qualifié dans son roman *Joseph et ses frères* les événements de ce chapitre de « pornographie silencieuse ». La querelle des mandragores entre les deux sœurs symbolise l'effondrement du statut de Rachel en tant que favorite et aimée de la maison de Jacob. C'est alors qu'intervient le miracle. Après six fils et une fille nés de Léah et après quatre fils enfantés par les servantes, la matrice de Rachel s'ouvre à son tour.

Est enfanté Joseph. « Dieu a effacé ma honte », s'exclame la femme dont le mari, pour elle, avait consacré jadis quatorze années de labeur. Ce verset illustre clairement la tragédie qui écorna l'amour de Jacob pour Rachel. Les normes de ce temps-là, dont beaucoup subsistent encore aujourd'hui, ces normes, donc, qui voient dans la femme une machine à procréer et dans les garçons l'étalon du statut et de la virilité du mari, ont faussé et altéré leurs relations. Un amour — qui à ses débuts brûlait d'un feu ardent et qui par son don et son sacrifice était supérieur à bien d'autres — se monnayait à présent et se réduisait à une comptabilité méprisable de troupeaux. Comme s'il pouvait être question d'une rente amoureuse romantique.

Notre ancêtre Abraham avait eu deux garçons, ainsi que son fils Isaac. Ce n'est que dans la famille de Jacob que la fécondité atteignit de tels sommets tant au sein de sa maisonnée que de sa bergerie. Il faut observer que les fils de Jacob, d'après le catalogue d'Exode VI, engendrèrent eux aussi davantage qu'Abraham et Isaac sans atteindre toutefois le score de leur père. La victime directe de cette natalité débridée fut Rachel. Elle y sacrifia en fin de compte non seulement son bonheur et son statut, mais aussi son existence.

Mort de la bien-aimée

De retour en terre de Canaan, Jacob doit retrouver son frère Ésaü, rencontre qu'il appréhende et à laquelle il se prépare. Dans cette affaire, un seul sujet nous intéresse : sa sollicitude à l'égard de Rachel. Dans cette période de crise, et peut-être parce que Rachel lui a déjà donné un fils, il la replace au centre de ses pensées. Il met de l'ordre au sein de sa maisonnée dans l'attente de ses retrouvailles. Place en tête les servantes et leurs enfants, suivis de Léah et de ses fils, laissant Rachel et Joseph derrière, protégés le plus possible. Nul doute que ce fut un moment agréable pour Rachel qui retrouvait les faveurs de Jacob. Persuadée que Joseph en est la cause, elle tente de concevoir un second enfant. « Dieu veuille me donner encore un second fils ! » avait-elle dit après sa naissance.

Rachel à présent à nouveau enceinte, voici la famille qui se dirige de Béthel vers le sud où l'attend en chemin la catastrophe. « Il y avait encore une kibra de pays pour arriver à Efrath », raconte la Bible, « lorsque Rachel enfanta et son enfantement fut pénible. Ne sois pas inquiète car c'est encore un fils qui t'arrive lui dit l'accoucheuse lors de cette épreuve. » Par ces mots, l'on comprend que même à l'agonie sur sa couche, une seule pensée habitait le cœur de Rachel — donner un autre fils à son époux bien-aimé, Jacob. Ce n'est pas son propre sort qui l'obsédait mais son devoir envers son mari, le devoir de procréation pour lequel elle allait donner sa vie. Ce désir insensé de reconquérir son cœur par une nouvelle naissance suscite encore à présent douleur, compassion, colère et admiration pour cette femme dont la vie eût pu être si différente : un autre père, une autre sœur, un autre temps... Vie d'amour et de dévouement à l'égard du bien-aimé qui l'embrassa devant le puits. Mais Rachel dut payer le prix fort et nous lecteurs aujourd'hui ne pouvons que constater notre impuissance. La Bible ne nous dit pas ce que ressentit Jacob lorsque mourut sa femme. Il l'enterre et poursuit sa route. Le grand amour qu'il manifestera plus tard à Joseph et Benjamin témoigne de ses sentiments. Ses grands fils ne lui offrirent que d'amères déconvenues quand ceux de Rachel occupaient tout son cœur. C'était désormais un vieil homme gardien d'un unique heureux souvenir : l'amour de sa jeunesse. La pierre sur le puits, le premier baiser, les sept années. Maintenant, au soir de sa vie, entre ses fils cruels et méchants, auprès de Léah et de ses deux concubines, il ne ressentait plus ce que son âme autrefois convoita — l'amour unique qu'un homme est susceptible d'éprouver une fois dans sa vie si seulement la chance lui sourit. Plusieurs années après la mort de Rachel notre mère, la poétesse Rachel écrivit qu'elle-même avait été contrainte de partager celui qu'elle aimait avec une autre femme : « Le sang d'icelle coule dans le mien, sa voix jubile en moi. » Et pour l'homme qu'elle aimait, elle composa le poème « Chant triste » dans lequel elle s'épanche : « Je t'attendrai jusqu'à ce que ma vie s'éteigne, comme Rachel attendait son aimé. » Le cœur sensible et avisé de Rachel la poétesse lui confia ce que des générations d'exégètes avaient ignoré. Jacob avait attendu Rachel pendant sept années quand elle l'avait attendu jusqu'à son dernier soupir.

La tombe de Rachel

Jacob devait une fois encore se rappeler l'amour défunt de sa jeunesse. C'était en Égypte, lorsqu'il bénit ses petits-enfants, Éphraïm et Manassé, les fils de Joseph.

Vieillard valétudinaire, Jacob s'était assis dans son lit pour leur donner sa bénédiction. Sans lien avec la solennité du moment, ses sentiments et sa nostalgie l'avaient porté vers Rachel dont le fils et les petits-enfants se trouvaient devant lui. Dans un cri, il laissa échapper : « Quand je revins du territoire [d'Aram], Rachel mourut dans mes bras au pays de Canaan, pendant le voyage [...]. Je l'inhumais là, sur le chemin d'Ephrat, qui est Bethléem ! » Les regards perplexes de ses petits-enfants le firent se raviser. Il les observa à nouveau, postés devant lui qui attendaient la suite de la bénédiction.

« Qui sont ceux-là ? » demanda-t-il à Joseph dans une sorte d'égarement sénile comme si l'esprit de leur grand-père s'était un instant envolé en raison de son grand âge. Eux qui étaient nés en Égypte d'une mère égyptienne, et qui connaissaient l'histoire de la famille, ses tribulations et ses errances par maints récits, ne pouvaient imaginer qu'ils étaient les témoins de la dernière allusion de Jacob à Rachel, de l'amoureux à sa belle, disparue.

Puis Jacob bénit à leur tour ses fils. Ayant achevé son propos, il leur demanda d'être enterré dans la grotte de Makhpélah. « Là furent enterrés Abraham et Sarah, son épouse », dit-il, « là furent enterrés Isaac et Rébecca, son épouse. Et là j'ai enterré Léah ».

Nous sommes témoins de l'apparente victoire finale de Léah sur Rachel qui bénéficia de reposer à ses côtés dans le site sacré de sépulture national de la grotte de Makhpélah. Fervent lecteur de la Bible, je préfère Rachel ensevelie à la croisée des chemins qu'en compagnie de la vieille et méchante Sarah ou aux côtés de l'intrigante Rébecca, mais cela n'est bien sûr pas la raison qui poussa Jacob à être inhumé dans la grotte de Makhpélah. Pourquoi choisit-il d'être enterré aux côtés de Léah et non de Rachel ? Serait-ce pour des motifs nationaux et historiques mis dans sa bouche par le rédacteur ? Ou serait-ce parce qu'en faisant le bilan de son existence Jacob comprit soudain que son amour et sa nostalgie avaient atteint leur paroxysme précisément quand la séparation leur fut imposée. Ainsi de ces sept célèbres années, ainsi de la période qui s'écoula entre le jour de la mort de Rachel jusqu'à la fin de la vie de Jacob.

CHAPITRE 3

L'homme, roi des animaux

> « L'Éternel-Dieu façonna l'homme — poussière détachée du sol —, fit pénétrer dans ses narines un souffle de vie, et l'homme devint un être vivant. »
>
> Genèse II, 7.

Dans la polémique célèbre qui opposa Rabbi Pupik, un comédien israélien qui devint religieux, et Darwin, les arguments du second présentent certains avantages. Mais sur un plan littéraire au moins, la version biblique est plus prenante et plus subtile. Face aux lents et fastidieux processus de l'évolution, les deux premiers chapitres de la Genèse offrent une solution brillante au mystère de la création de l'homme.

Le lecteur se souvient bien sûr de Dieu occupé au travail de la création, séparant le ciel de la terre, créant végétaux, rampants, cétacés énormes, luminaires dans le ciel et bêtes sauvages tout en marmottant en lui-même « que c'était bien » au soir de chaque journée exténuante. Le vendredi, après que le monde entier a été fin prêt,

Dieu créa le premier couple humain. Il examina « tout ce qu'il avait fait : c'était éminemment bien ». Harassé mais satisfait, il se retira alors pour le repos sabbatique.

Alors que nous goûtions encore avec le Saint béni soit-Il la douceur du septième jour, voilà que la Bible nous surprend par une autre version de la création de l'homme. Ici, au deuxième chapitre, Dieu crée l'homme à partir de la poussière de la terre et lui insuffle la vie. Puis il l'installe « dans le jardin d'Éden pour le cultiver et le soigner ». Après s'être rendu compte de la solitude de l'homme — il créa les animaux et les oiseaux sans qu'il trouvât parmi eux de « moitié ». Aussi le Dieu de bonté s'empressa-t-il de réaliser la célèbre opération des côtes mettant ainsi au monde la première femme.

Deux histoires de la création

De nombreux sages et érudits ont déjà observé que se trouvent ici, de fait, deux histoires de la création. Si nous juxtaposons ces deux versions, le lecteur distinguera de notables différences.

1. Dans la première histoire, l'homme est le dernier à être créé, alors que dans la seconde il l'est avant les plantes et les animaux.

2. Dans la première, l'homme est créé en couple, mâle et femelle. Dans la seconde, la femme l'est après lui et après les animaux.

3. Dans la première, l'homme est créé par une parole divine comme le reste du monde. Dans la seconde, il est façonné par les mains du Créateur, à l'instar des animaux.

4. Dans la première, l'homme est créé à l'image de Dieu. Dans la seconde, aucune allusion à cela.

5. Dans la première, l'homme réside dès le début dans le monde. Dans la seconde, il vit au commencement dans le jardin d'Éden.

6. Dans la première, Dieu enjoint à l'homme de croître et de se multiplier, de dominer le monde et ses créatures, tâche que l'homme va accomplir jusqu'à aujourd'hui encore. Dans la seconde, il a pour rôle de travailler et de garder le jardin d'Éden, mais il échoue dans sa tâche.

7. Dans la première, Dieu est appelé « Dieu », et dans la seconde « l'Éternel-Dieu ».

En dépit de ce catalogue de différences, l'exégèse traditionnelle s'obstine à voir ici une seule et même histoire dont la seconde partie dans le deuxième chapitre ne serait que l'explicitation de la première. Ainsi est-il écrit — « Dieu créa l'homme à son image — cela est une généralité, puis il détailla ses actions [...]. Le néophyte croit qu'il s'agit d'une autre action quand ce n'est rien d'autre que le détail de la première ». Dans Bereshit Rabba il est question des Sages ayant traduit le Pentateuque en grec. Ceux-ci craignaient que le roi Ptolémée Philadelphe n'achoppe sur la contradiction entre la version « il les créa mâle et femme » et celle de la création de la femme avec la côte. Aussi modifièrent-ils le verset « il les créa mâle et femelle » en « il les créa mâle et trous[1] ».

Ce qui signifie que le premier homme fut créé muni de tous les orifices de son corps. Cette

1. Femelle (*neqevah*) et trou (*neqev*) viennent tous deux du verbe percer (*naqav*).

affaire extraordinaire est le clair témoignage du trouble que causèrent ces deux histoires de la création au lecteur croyant. Les savants versés dans la recherche biblique et la comparaison des différents mythes des cultures anciennes ont évidemment vérifié ce point. Mais au-delà du sujet scientifique, le lecteur amateur peut aussi donner son avis quant à l'idée selon laquelle nous sommes confrontés à la création de deux sortes d'hommes, même si ici ne se trouvent pas deux histoires distinctes de la création.

Conquérant du monde et gardien du jardin

Les premiers mots que l'homme entendit au premier chapitre de la Genèse de la bouche de son Dieu furent « Croissez et multipliez ! Remplissez la terre et soumettez-la ». Sa création en couple assurait la possibilité de sa multiplication. Le premier couple humain fut le noyau d'une société forte qui allait se développer. C'est l'homme qui commença à chasser, à domestiquer des animaux, à labourer les champs, à dévier le cours des fleuves. Un homme capable d'extraire le cuivre et tremper le fer. Qui déracina les cèdres du Liban et construisit un autel à son Dieu pour des sacrifices d'action de grâces. Par sa nature, cet homme voit dans le monde un vaste champ de choses utiles et exploitables. Ses succès commerciaux, techniques et militaires renforcent en lui la conscience que son Dieu le soutient, car il agit dans l'esprit du commandement originel qu'il a reçu de lui. C'est l'homme qui a écrit sur lui-même le cantique des Psaumes : « Tu l'as fait presque l'égal des êtres divins; tu l'as couronné de gloire et de magnificence! Tu lui as donné l'empire sur les œuvres de tes mains, et mis tout à ses pieds : brebis et taureaux, tous ensemble, et aussi les bêtes des champs, oiseaux du ciel et poissons de la mer, ce qui parcourt les routes des océans. »

Dans l'esprit du midrash, cet homme-là sentait que le monde entier avait été créé afin que lui, à l'image de Dieu, surgisse dans un monde achevé en tant qu'hôte d'honneur. Philon d'Alexandrie écrivit qu'il avait été fait « le dernier afin que, lorsqu'il apparaisse devant les autres animaux, il suscite en eux de la terreur, car l'intention était que, en le voyant la première fois, ils l'admirassent comme souverain et maître ». Face au type du souverain « actif », l'homme du chapitre II est une créature ô combien plus complexe. Il fut créé seul, et lorsque la première fois il ouvrit ses paupières il ne vit devant lui ni arbres verdoyants, ni femme plaisante, ni bêtes et animaux fixant sur lui un regard soumis, mais seulement un ciel vide et une terre désolée. Son premier sentiment, du moins je le suppose, fut le contraste violent entre la solitude alentour et le contact direct, intime, des mains du créateur, qui venait tout juste de finir de le façonner à partir de la poussière et de lui donner un souffle de vie. Il reposait comme un bébé dans les bras de son géniteur, lequel n'avait l'intention de remettre entre ses mains aucune fonction dans ce monde ici-bas. Il le prit, seul qu'il était, et l'établit au jardin d'Éden « pour le cultiver et le soigner ». Sa première expérience fut donc le service divin, la garde du jardin secret du créateur. Face à l'homme social, développé, le souverain exploiteur du chapitre I, un homme qui n'est rien d'autre que l'animal le plus fort, se trouve dans le chapitre II le serviteur solitaire de Dieu.

Mais dans l'univers composé du ciel, de la terre et de l'homme, notre ancêtre se sent esseulé et abandonné. Dieu était trop puissant et trop mystérieux pour qu'il devienne son ami. Tandis que son compagnon du chapitre I courait partout à travers le monde et se souciait surtout d'affermir son statut de roi des animaux, le gardien du jardin allait et venait entre les beaux arbres, s'interrogeant sur sa situation dans ce lieu splendide mais vide qui lui avait été assigné.

Défauts de fabrication

En dépit de la solitude de l'homme dans le jardin d'Éden, celui-ci aurait pu en venir à connaître de grandes affinités avec son Dieu. Premièrement, il était seul devant son créateur, situation que lui auraient enviée de nombreux croyants. Deuxièmement, il avait reçu de façon officielle le rôle de serviteur de Dieu. Troisièmement, le Dieu du chapitre II était apparemment un Dieu plus sympathique que celui du premier, bien que ce fût précisément lui, en définitive, qui ait chassé l'homme de son jardin. Le créateur du chapitre I a accompli sa tâche en parlant, en intimant un ordre avec distance. « Que la lumière soit », dit-il, « et la lumière fut ». « Que la terre produise des êtres animés selon leurs espèces », ordonna Dieu, « et il en fut ainsi ». Un certain froid souffle dans l'acte de création. Tel un ingénieur zélé et efficace, Dieu crée le monde étape après étape. À l'instar d'un scientifique circonspect, il vérifie lui-même chacune d'elles et constate « que c'est bien ». Aucune erreur n'est à relever dans l'acte de la création du premier chapitre. Tel un puzzle complexe et précis, le monde fut construit lorsque ses pièces s'ajoutèrent les unes aux autres avec une exactitude admirable en vue de la dernière — l'homme —, laquelle achève la création. Ce qui fait dire à Dieu que tout ce qu'il a fait « est éminemment bien ».

Dans le deuxième chapitre, le créateur adopte d'autres méthodes. Avec une grande intimité, il modèle l'homme de ses propres mains et insuffle en lui la vie. Il crée les animaux comme il a fait pour l'homme, les crée même à partir de la terre, et quant à la femme il la façonne à partir de la côte de l'homme. Intimité et chaleur caractérisent ses actes. Si la création du premier chapitre évoque irrésistiblement un assemblage géométrique, scientifique, précis et sans faute, celle du deuxième chapitre où viennent se mêler contact, jeu et art — et peut-être justement à cause de cela — n'est pas si précise, et très vite apparaissent les défauts de la planification et de la créature.

Le Dieu planificateur qui a créé le monde au chapitre I a créé l'homme et la femme ensemble leur enjoignant de se multiplier et de créer la gent humaine. Ainsi n'y eut-il pas dans leur relation de problème de solitude qui tourmenta l'homme du chapitre II, celui qui n'avait pas pour destin de dominer le monde mais de cultiver le jardin de Dieu. Le créateur sympathique lui-même fut étonné de la souffrance de la créature préposée à la garde de son jardin. « Il n'est pas bon que l'homme soit isolé », dit-il, « je lui ferai une aide digne de lui ». L'expression « il n'est pas bon » qui apparaît dans ce verset est particulièrement remarquable dans ce contexte où l'on a six occurrences dans le premier chapitre de « c'était bien ». Même à présent Dieu ne sait pas exactement qui satisfera les besoins sociaux de l'homme. Et il agit selon la méthode expérimentale, risque bien souvent d'erreurs. Il crée tous les animaux et tous les poissons dans l'espoir que l'un d'entre eux trouvera grâce aux yeux de l'homme et résoudra le problème. L'homme assigne un nom à chacun sans trouver parmi eux de compagnon. Dieu voit alors qu'il s'est fourvoyé, qu'il lui faut appréhender le sujet d'une manière différente et il crée ainsi la femme à partir de la côte de l'homme. Dans le traité Yebamot il est dit que « l'homme monta chaque animal sans qu'il en fût satisfait jusqu'à ce qu'il montât Ève ». Nous ne savons pas quant à nous si le premier homme réalisa tous les fantasmes sexuels des Sages, mais il est certain que le système empirique, si évident dans l'acte de création du chapitre II avec toutes ses erreurs, ne lui a pas échappé. Comme chacun sait, nous ne nous trouvons pas aujourd'hui dans le jardin d'Éden, quand bien même quelques hommes publics chercheraient à nous en convaincre. En général, nous en imputons la faute au serpent et à la femme, et cependant si l'homme n'avait pas cherché à se trouver une amie, ces deux-là ne seraient jamais apparus. La race humaine tout entière n'eût pas été créée, et un homme seul continuerait de faire des allées et venues encore aujourd'hui entre de magnifiques arbres, dans le jardin d'Orient.

L'inévitable échec

« Tous les arbres du jardin, tu peux t'en nourrir », ordonna Dieu à l'homme, « mais l'arbre de la science du bien et du mal, tu n'en mangeras point : car, du jour où tu en mangeras, tu dois mourir » ! L'arbre de la connaissance garantissait à ceux qui en mangeaient la capacité d'un jugement moral, la distinction entre le bien et le mal. L'interdiction de manger de son fruit est de fait l'incarnation de la volonté divine de perpétuer la dépendance de l'homme à l'égard de son créateur sur le plan moral. C'est ainsi le fondement de toute croyance quelle qu'elle soit.

Le drame qui s'est produit à l'ombre de cet arbre mystérieux et dont les personnages étaient la femme, l'homme, le serpent et Dieu, est un sujet à part entière et je n'en débattrai pas ici. Dans le cadre actuel, il convient de porter attention au fait que l'échec de l'homme dans l'affaire du fruit défendu était, par sa nature et par définition, inévitable. Dieu confronta l'homme à une épreuve qu'il lui était impossible de surmonter. Après avoir mangé le fruit, l'homme fut puni et connut plusieurs châtiments. Il est significatif et remarquable que les châtiments infligés à l'homme du deuxième chapitre sont en réalité les objectifs assignés à celui du premier. D'abord : la multiplication et la formation de descendants. Le « croissez et multipliez ! » du premier chapitre est transformé ici en « tu enfanteras dans la douleur ». Il faut à nouveau souligner que le couple du premier chapitre avait pour destin de se multiplier, et quant à l'homme du second créé seul, il ne le fut pas pour cela. En outre, même après la création de la femme à partir d'une côte, l'un et l'autre n'ont aucun projet de cet ordre. Ce n'est qu'après avoir mangé le fruit que Dieu fait subir à l'homme grossesse et naissance et ce n'est qu'alors que la femme reçoit son nom d'Ève — car elle était « la mère de tous les vivants ». Ainsi, en réalité, la faute de l'arbre de la connaissance a été à l'origine de la création de l'espèce humaine. De façon générale, toute l'histoire de l'arbre est dotée d'une signification sexuelle qui ressort dans le personnage et le symbole connu du serpent, dans la seconde acception du verbe « connaître », dans la nudité de l'homme et de sa femme et dans la honte qui les saisit après avoir mangé et qui les poussa à se coudre une feuille de figuier sur les hanches. Néanmoins la femme du deuxième chapitre, celle qui fut créée pour être la compagne de l'homme et non une machine à mettre bas, est châtiée ici en devenant grosse, en enfantant et par la maternité, toutes choses que notre culture phallocrate loue et exalte en laissant la femme les subir.

La seconde sanction, le travail de la terre, était aussi la tâche de l'homme du chapitre I. « Je vous accorde tout herbage portant graine, sur toute la face de la terre, et tout arbre portant des fruits qui deviendront arbres par le développement du germe. Ils serviront à votre nourriture », est-il ici écrit. Mais là on peut lire : « tu mangeras de l'herbe des champs ». Le plus lourd châtiment de tous fut l'expulsion du jardin d'Éden. Là réside la différence majeure entre les deux types d'homme sur lesquels nous ergotons. Celui du chapitre I ne connaissait pas le paradis, l'intimité avec son créateur pas plus que l'expérience spirituelle. Programmé comme une énergique poupée sur ressorts impossible à arrêter, il est sorti dans le monde, affranchi des tourments moraux pour s'acquitter de ses tâches — domination et multiplication. Mais l'homme du chapitre II est venu au monde avec sur les épaules le doux souvenir du jardin, des arbres extraordinaires, la proximité avec son créateur, et surtout le souvenir de l'échec. Échec qui plane sur la conscience de l'homme jusqu'à ce jour. Jusqu'aujourd'hui l'homme désire retourner dans son Éden perdu. Ce désir ne provient pas de sa nostalgie des douceurs du lieu, mais de ce que le retour au jardin signifie le renouvellement du lien intime avec Dieu.

Où sont-ils aujourd'hui ?

L'ironie du sort veut que le fait de manger du fruit de l'arbre de la connaissance n'apportât pas non plus les résultats escomptés. D'un côté, l'homme ne mourut pas comme l'en menaça Dieu explicitement. De l'autre côté, l'homme n'apprit pas à distinguer le bien du mal. En fait, il ne retint qu'une leçon, que le bien signifiait obtempérer aux ordres de Dieu, et le mal, mettre sa parole au défi. Cela, l'homme eût pu aussi bien le comprendre sans manger le fruit et sans avoir à en assumer les conséquences. La seule signification de l'arbre de la connaissance était une mise à l'épreuve insurmontable et la création d'un homme asservi à la religion. Un homme longtemps éprouvé dans la proximité et la chaleur du jardin d'Éden avant d'en être refoulé, avec au cœur un sentiment d'échec et de nostalgie forte, continuera à jamais de chercher son Dieu et sera prêt à beaucoup investir pour se retrouver en sa présence. À présent le Dieu du chapitre II, ce Dieu affable qui a broyé et pétri de la boue, a créé des animaux et planté le jardin d'Éden, s'avère plus cruel et arbitraire que le Dieu du chapitre I, l'architecte froid, le planificateur méticuleux qui a créé un monde clair, parfait et facile à décrypter.

Sur le plan de l'intérêt religieux, il s'avère que le Dieu du chapitre II était aussi plus calculateur. La culpabilité, le sentiment d'échec et le manque ne peuvent qu'aboutir à la création d'un homme brûlant de satisfaire la volonté de son créateur, nonobstant ce qui est écrit dans l'Ecclésiaste : « Car tu ignores où sera la réussite, ici ou là, et peut-être y aura-t-il du succès des deux côtés. »

Il a été ordonné à l'homme du premier chapitre de s'accroître et de dominer. À celui du jardin d'Éden de le garder et de s'abstenir de manger un fruit de l'arbre de la connaissance. Mais l'homme refoulé du jardin n'a reçu de son Dieu aucun commandement ni injonction quant à sa nouvelle existence dans notre monde. Il a appris par l'épreuve qu'il était interdit de défier la parole de Dieu. Ainsi, dans la crainte et dans l'ignorance furent créés les appareils religieux. Dans la soumission intérieure et profonde, ils expriment la volonté de Dieu. Après l'expulsion du jardin d'Éden se rencontrèrent pour la première fois les deux types d'hommes des histoires de la création. Tous deux peinent, se multiplient et servent leur Dieu. L'un avec le sentiment d'une mission et du succès, le second avec son échec originel. Quiconque les cherchera aujourd'hui autour de lui aura du mal à les identifier comme des êtres distincts. Dans chacun de nous se débattent depuis les deux premiers hommes de la Bible. L'un est social, actif, se concentre sur sa vie matérielle et son amélioration, sent de tout son être qu'il est la couronne de la création. Sa force et son succès sont à ses yeux le signe le plus clair de la bonté divine, les problèmes de morale ne l'inquiètent pas particulièrement et son arbre n'est pas celui de la connaissance mais celui du savoir. Il puise sa justification dans le fait d'avoir été créé à l'image de Dieu et en raison de l'impératif originel du chapitre I. C'est l'homme qui domine les animaux, les rampants et ceux qu'il considère comme tels. Même s'il n'est pas le rejeton biologique de l'homme du chapitre I, nul doute qu'il a quelque affinité familiale avec celui qui a écrit ce chapitre. Mais dans notre âme se cache aussi l'homme du chapitre II. L'homme qui sait qu'aucune amélioration technologique, aucune victoire militaire ou succès matériel ne lui rendra l'Éden perdu et le contact de la main de son Dieu. C'est l'homme seul qui désire servir à nouveau son souverain et est contre lui irrité de lui avoir imposé une épreuve non destinée aux mortels. Ainsi est la société israélienne dans laquelle nous vivons. Société où se trouvent réunis les instincts de force, de domination et de propriété que côtoie le bon vieux doute. Ainsi en est-il de la société de « tu nous as choisis » s'accrochant au Dieu du chapitre I pour tous ses actes répréhensibles, qui crie « Dieu est avec nous ! » comme de nombreuses autres communautés au cours de l'Histoire et qui voit dans ses agissements l'accomplissement de la volonté divine. À côté, peut-être plus discrète et plus modeste, mais avec une grande expérience de la vie, existe la conscience que, comme pour le premier homme, nous aussi ne sommes pas parfaits. La roue ne reviendra pas en arrière, et l'avenir n'annonce rien qui ressemble au jardin d'Éden, ce jardin que Dieu planta en Orient et aux portes duquel tournoie la flamboyante épée.

CHAPITRE 4

Le Mont du Temple est entre nos mains

> « Abraham, ayant rendu ce devoir à son mort, alla parler aux enfants de Heth en ces termes : "Je ne suis qu'un étranger domicilié parmi vous : accordez-moi la propriété d'une sépulture au milieu de vous, que j'ensevelisse ce mort qui est devant moi." »
>
> Genèse XXIII, 3-4.

Il y a trois mille ans à Jérusalem, par une chaude journée d'été, un Jébuséen du nom d'Aravna s'attelait au battage du blé. L'aire se trouvait sur un petit plateau, au-dessus de la rive occidentale du torrent du Cédron. Le Jébuséen était derrière sa herse que tirait un couple de bœufs, de la boue collait à sa peau et lui brûlait les yeux. Avec nostalgie, il songeait aux eaux fraîches de la source du Ghihôn qui sourdaient au bas de la pente. C'est alors que ses oreilles perçurent les bruits d'une conversation dans cette langue que parlaient les enfants d'Israël, les conquérants de Jérusalem. Levant la tête, son sang se glaça. Un petit groupe d'hommes avança et grimpa à sa rencontre. Il n'eut point de mal à identifier le rouquin qui était à sa tête. L'Israélite, flanqué de quelques officiers et fonctionnaires, s'approcha, s'arrêta à une distance convenable, le fixa du regard et sourit aimablement. Aravna s'empressa d'avancer à sa rencontre et baissa la tête en signe de respect. Le sourire enfantin de David ne pouvait l'abuser. Parmi les Jébuséens circulaient des légendes sur l'homme qui, le premier, avait conquis leur ville fortifiée. Aravna courba la tête jusqu'aux pieds du roi, sachant en son for intérieur que plus jamais il ne foulerait de blé dans l'aire de ses ancêtres.

Un lopin par-ci, un lopin par-là

Parfois, quand je me rends à la Vieille Ville, je regarde le Mont du Temple, songeant à cet événement. Il est difficile de faire abstraction du dôme du Rocher, d'El-Aqsa, du Mur occidental, comme d'ignorer la rumeur des fidèles et l'appel du muezzin. Difficile d'oublier les sentiments de foi, le désir et l'obscur fanatisme religieux qui conduisirent ici au pouvoir différents peuples pour revenir à ce jour de la moisson où le roi David acheta l'aire du Jébuséen pour y ériger un autel. Il est difficile aujourd'hui de se tenir devant la grotte de Makhpélah, d'imaginer des arbres dans un champ, une grotte et entendre les conciliabules entre Efrôn le Héthéen et notre ancêtre Abraham. L'effort, malgré tout, en vaut la peine. La Bible a conservé pour nous en témoignage le moment de l'acquisition de ces saints biens immeubles avec un souci du détail assez rare.

Nous qui lisons aujourd'hui cela pouvons tenter de calculer la rentabilité de l'investissement.

Le droit de propriété du peuple d'Israël sur la terre d'Israël fut établi en vertu de la promesse divine. Que cela fût un accord-cadre ou un permis de confiscation — les avis restent partagés aujourd'hui encore. Le Deutéronome fit cette promesse au peuple d'Israël : « déposséder, à ton profit, des peuples plus grands et plus forts [...] et te donner (le pays) en héritage ». Mais déjà dans le livre de Josué on peut lire qu'« il reste encore une très grande partie du pays à conquérir ». Une liste longue et exhaustive des parties de la Terre promise que les enfants d'Israël ne parvinrent pas à conquérir se trouve dans le livre des Juges, chapitre I. Parmi elles, les régions de Beit She'an, Meggido, Gezer, Nahalal, Taanakh, la plaine côtière, etc.

On peut trouver, en revanche, un certain nombre de cas d'acquisition de territoires contre de l'argent. Ainsi est-il raconté comment le roi Omri acquit « de Chémer la montagne de Samarie, pour deux kikkar d'argent ». « Et il bâtit sur cette montagne une ville à laquelle il donna le nom de Samarie, d'après celui de Chémer, propriétaire de la montagne », poursuit la Bible. Mais l'acquisition la plus célèbre reste celle de la transaction inaugurale des territoires en terre d'Israël, à savoir la grotte de Makhpélah, le caveau familial de notre ancêtre Abraham. Et c'est de fait assez surprenant. Abraham avait déjà entendu dans le chapitre XIII cette nouvelle réjouissante : « Lève-toi ! Parcours cette contrée en long et en large ! car c'est à toi que je la destine. » Lors de la cérémonie de l'Alliance, Dieu lui avait promis : « J'ai octroyé à ta race ce territoire — depuis le torrent d'Égypte jusqu'au grand fleuve, le fleuve d'Euphrate. » À la lumière de ces versets explicites, et selon la logique de certaines personnes qui vivent aujourd'hui parmi nous, Abraham eût pu se comporter en Canaan comme un propriétaire. Néanmoins, il ne le fit pas. Il erra dans un pays qui lui avait été promis à lui et à sa descendance et tenta de vivre en paix avec ses voisins. À l'exception de conflits mineurs sur des histoires d'eau et de terres avec Loth, le fils de son frère, ainsi qu'avec Abimélec, roi de Gherar, et sa victorieuse participation à la guerre de la vallée des Siddim, Abraham ne ressemble guère à ses descendants qui ont coutume aujourd'hui de se référer à la promesse qui lui fut faite. Il se peut qu'Abraham ait circulé dans Canaan avec un fort sentiment d'appartenance et de propriété. Mais extérieurement, il se définissait comme « étranger et résident », autrement dit, comme un étranger exempt de droits. Il n'exploita pas sa force militaire, décrite dans Genèse, chapitre XIV, afin d'asseoir ses droits sur le pays. Lorsqu'il décida d'acquérir un territoire, il choisit le moyen légal d'un achat en bonne et due forme. Car, même si notre ancêtre se savait conforté par la promesse divine, il avait bien compris qu'une inscription au cadastre était chose autrement plus convaincante.

Négociation version Hébron

Le chapitre XXIII de la Genèse relate la négociation audacieuse et astucieuse conclue par le premier colon avec les habitants de Hébron.

Après la mort de Sarah, Abraham décida d'acquérir un caveau familial. Au-delà de la nécessité immédiate d'ensevelir sa femme, Abraham avait décidé que le temps était venu de devenir acquéreur d'une terre et de changer son statut sur le sol de Canaan. Cherchant à s'implanter sur la terre d'Israël, il se mit à la tâche avec malignité et circonspection. Nos maîtres savaient à quel point ses contemporains étaient pointilleux en matière de vente de territoire. Le lecteur se souvient probablement des lois de vente des sols édictées dans le Lévitique qui stipulaient qu'un territoire revenait de droit à ses premiers propriétaires après une année jubilaire. Le cas fameux de Naboth, le Jezréelite, illustre cet attachement à la terre. « Le Seigneur me préserve de te céder l'héritage de mes pères ! » dit Naboth à Achab qui convoitait sa vigne — et qui dut payer de sa vie ses principes. De même, les lois de rachat de terres témoignent-elles de l'interdiction de vendre à des étrangers, et le cas échéant, la priorité devait être donnée à des membres de la famille (ainsi Booz racheta-t-il Ruth avec le lopin de terre de Noémi, sa proche parente). « Étranger et domicilié parmi vous », déclare Abraham aux enfants de Heth à Hébron, « accordez-moi la propriété d'une sépulture au milieu de vous, que j'ensevelisse ce mort qui est devant moi ». En se décrivant lui-même comme « étranger et résident » Abraham ne joue pas sur les mots quant à sa situation sociale. Il souligne un statut juridique. L'étranger et le résident n'avaient pas le droit de posséder de terres. Dans le Lévitique il est dit : « Nulle terre ne sera aliénée irrévocablement, car la terre est à moi, car vous n'êtes que des étrangers domiciliés chez moi. » Ainsi le législateur formula-t-il le droit de propriété de Dieu sur le sol. Lorsque Abraham se désigne de prime abord comme « étranger et résident », il réclame une terre comme quelqu'un qui a été jusqu'à présent privé du droit de propriété. Il ne dévoile pas immédiatement son intention de payer en échange de la terre mais parle de « don ». « Les enfants de Heth lui répondent alors : "Écoute-nous, seigneur ! Tu es un dignitaire de Dieu au milieu de nous ; dans la meilleure de nos tombes ensevelis ton mort. Nul d'entre nous ne te refusera sa tombe pour inhumer ton mort." » Les Héthéens disent de manière respectueuse et polie qu'ils autoriseront Abraham à enterrer son épouse là où il le désirera sans toutefois évoquer la possibilité d'un achat. Il est intéressant dans ce contexte de souligner la version samaritaine du verset : « Et les enfants de Heth répondirent — non ! Écoute-nous, seigneur... etc. » Le pronom « lui » de la Bible hébraïque est devenu « non » par homonymie dans la version samaritaine, un « non » qui exprime un refus immédiat à la demande d'Abraham d'acquérir une terre des enfants de Heth. Abraham alors vient se prosterner devant les enfants de Heth leur demandant de jouer les intermédiaires entre lui et Efrôn. Il sort de sa manche une nouvelle carte, définissant clairement sa volonté — il est intéressé par l'acquisition moyennant finance du site connu sous le nom de grotte de Makhpélah, laquelle est en la possession d'Efrôn le Héthéen. Le propriétaire lui répond dans une formule courtoise quoique ferme : « Non, seigneur, écoute-moi : le champ, je te le donne ; le caveau qui s'y trouve, je te le donne également. » Cette réponse recèle une double information. Premièrement, Efrôn feint d'ignorer la proposition pécuniaire d'Abraham, lui offrant encore le caveau. Refus poli mais explicite à la demande d'Abraham. Efrôn affirme en outre que la grotte n'est pas une entité immobilière indépendante et qu'elle dépend du champ. Il signifie par là qu'Abraham ferait mieux d'y penser à deux fois ; la transaction à laquelle il songe semble en effet beaucoup plus lourde que sa capacité financière. La réponse d'Abraham est immédiate : « J'offre le prix de ce champ, accepte-le, que j'y puisse enterrer mon mort. » Ainsi Abraham se montre-t-il prêt à acquérir aussi le champ qui jouxte la grotte et se propose à nouveau de payer la somme qui convient. La si rapide acceptation d'Abraham de rattacher le champ au caveau eût dû allumer une petite lumière rouge dans le cerveau d'Efrôn, mais celui-ci manqua cruellement de vigilance pour comprendre à quel point l'étranger d'Our Kasdim désirait devenir un citoyen de droit. Il ne sut décrypter convenablement la réponse d'Abraham et l'on peut ici déjà percevoir le début de sa défaite. La négociation se fit en présence d'une foule d'habitants de Hébron, ce qui eut pour effet de renforcer le caractère de confrontation entre les négociateurs. Face à l'intérêt d'acquérir cette terre, celui d'Efrôn était d'empêcher la vente mais aussi d'apparaître de manière positive face à ses administrés et à son peuple. Abraham parvint à exploiter la situation. Il sut manœuvrer le Héthéen de sorte que celui-ci voulut se débarrasser de cet acheteur importun pour susciter l'admiration de la foule. Et en effet, Efrôn tomba dans le piège. Il abattit ostensiblement toutes ses cartes sur la table dans l'espoir que son adversaire ne dissimule point sous sa manche de réponse pertinente. « Une terre de quatre cents sicles d'argent, qu'est-ce que cela entre nous deux ? Enterres-y ton mort », dit le Héthéen avec mépris à Abraham. À l'énonciation de cette somme exorbitante, un soupir d'admiration traversa la foule. Mais un silence de stupeur se substitua à cette rumeur quand Abraham ouvrit calmement sa bourse et compta devant Efrôn « quatre cents sicles d'argent, en monnaie courante ». Qu'Abraham fût venu avec tant d'argent liquide est bien la preuve qu'il avait prévu le déroulement de la négociation. En ces jours où l'on veut nous faire passer pour des crétins, il est heureux de pouvoir se repaître dans la Bible de la première victoire du cerveau juif ! L'acquisition de l'aire d'Aravna le Jébuséen est consignée deux fois dans la Bible. Dans II Samuel XXIV ainsi que dans I Chroniques XXI. Non pas comme Abraham, l'étranger et résident contraint de s'appuyer sur sa ruse et son intelligence, David, héros guerrier connu pour sa détermination, vint à l'aire en tant que roi d'Israël et de Juda, et comme celui qui avait conquis Jérusalem, ville réputée imprenable.

L'aire de Jérusalem

L'acquisition du lieu fut précédée d'une épidémie qui sévit en raison d'un recensement initié par David. Par ordre du prophète Gad, le roi s'en fut acquérir l'aire afin d'édifier un autel et y faire des sacrifices pour apaiser la colère divine.

Aravna, en qui plusieurs commentateurs ont cru voir le roi des Jébuséens, tenta lui aussi d'offrir l'aire en cadeau. Il tremblait à l'idée de céder à des étrangers un droit de propriété sur son patrimoine foncier. Mais il est clair pour le lecteur autant que pour David et Aravna que la situation n'avait rien à voir avec celle d'Abraham et d'Efrôn. Au lieu des assauts de politesses de l'affaire de la vente de la grotte de Makhpélah, on rencontre ici autant de flagornerie apeurée de la part d'Aravna que de détermination de la part de David. Le Jébuséen se hâte de venir à la rencontre du roi. « Pourquoi le roi mon maître vient-il chez son serviteur ? » demande-t-il à David qui sans perdre de temps en circonlocutions polies et inutiles se contente de répondre : « Pour acheter ton aire et y bâtir un autel au Seigneur. » Aravna, comme l'on sait, s'empresse d'offrir le champ en présent. Dans un geste désespéré, il propose à David de prendre aussi « les bœufs pour en faire des holocaustes, les traîneaux et l'attirail des bœufs pour former le bûcher ». Mais David sait que seule une acquisition contre espèces sonnantes et trébuchantes est le moyen de garantir un droit plein et légal de propriété sur le sol. « Que l'Éternel, ton Dieu, te soit propice... » ajoute Aravna suppliant. Comme pour signifier : ton sacrifice sera agréé même si tu n'achetais pas mon aire contre de l'argent. David, toutefois, ne considère pas la demande du Jébuséen. D'un ton qui ne saurait souffrir la contestation, il déclare : « Non [...]. Je prétends te l'acheter et le payer » (« pour argent comptant » selon la version du Deutéronome). Il se met alors à compter devant lui cinquante sicles d'argent et c'est ainsi que le Mont du Temple devint propriété du peuple d'Israël. Au lecteur à l'âme sensible qui ressentirait une lourde culpabilité quant à la spoliation d'Aravna de sa terre, je dois avouer que je ne partage pas son avis. En dépit de tout le chagrin causé bien sûr au malheureux Jébuséen, il ne faut pas oublier qu'il vivait à une époque où le roi possédait les pleins pouvoirs sur ses sujets, et encore plus sur les populations conquises. Selon les normes de l'époque, Aravna bénéficia d'une attitude convenable et respectable de la part du roi d'Israël. Dans les Chroniques il est dit que David paya à Aravna six cents sicles d'or et non cinquante sicles d'argent comme cela apparaît dans le livre de Samuel. Il est possible que le rédacteur des Chroniques, connu pour sa tendance à embellir l'époque du roi David, se soucia là aussi de le représenter comme plus généreux qu'il ne l'était véritablement. Néanmoins nous ne serons pas étonnés d'apprendre que les Juifs connaissaient alors aussi l'inflation, et que cinquante sicles d'argent lorsque fut écrit le livre de Samuel équivalaient à quatre cents sicles à l'époque de la rédaction des Chroniques. Quoi qu'il en soit, si David en effet paya à Aravna cinquante sicles d'argent pour acquérir le Mont du Temple, c'est bien la preuve que les quatre cents sicles d'argent versés par Abraham à Efrôn étaient une somme considérable. En guise de comparaison, le prophète Jérémie, mille ans plus tard, put acheter un champ à son oncle Hanamel pour « sept sicles et dix pièces d'argent » (Jérémie XXXII).

Les deux lieux saints, le Mont du Temple et la grotte de Makhpélah, sont, d'après la Bible, des biens qui furent acquis avec de l'argent et selon une procédure légale classique, et non par la force du glaive ou par la seule promesse divine. Lorsque Abraham arriva à Hébron pour acquérir le caveau, il n'annonça point aux autochtones que la grotte de Makhpélah, de par sa situation entre le torrent d'Égypte et l'Euphrate, lui appartenait. Le roi David qui, comme chacun sait, était un combattant des plus hardis, même s'il fut loin d'atteindre le niveau des rabbins Kahana, Lewinger ou encore celui d'Ariel Sharon, ne fit ici appel ni à son glaive ni à son Dieu. Le lecteur sait, bien sûr, qu'à de nombreuses occasions David fit montre d'une grande cruauté dans la réalisation de ses objectifs, mais dans le cas du Mont du Temple, la Bible se soucia de souligner la légalité des procédures normales adoptées par le roi pour garantir une possession incontestable du territoire qu'il venait d'acquérir. Au-delà de ces problèmes majeurs et de principe, l'affaire de la grotte de Makhpélah nous autorise un léger calcul qui remettra le ministère du Budget à sa juste place dans l'histoire du peuple juif. Un sicle d'argent correspond à un peu plus de sept grammes de métal. Quatre cents équivalent à quelques centaines d'onces d'argent. À quatorze dollars et demi l'once, taux exact au moment où j'écris ces lignes, Abraham paya à Efrôn presque mille cinq cents dollars la grotte de Makhpélah. J'ai consulté un camarade courtier afin qu'il évalue pour moi la grotte des Patriarches aujourd'hui. En tant que bien occupé, une simple cave avec des locataires protégés, sans ascenseur et inconstructible, entourée de voisins arabes et de religieux, la grotte ne vaudrait, selon lui, guère plus de cent mille dollars. Cette hausse des prix en quatre mille ans traduit une inflation moyenne d'un pour cent et demi par an. L'économie israélienne avec une inflation exorbitante reste un phénomène exceptionnel dans l'histoire de notre peuple.

CHAPITRE 5

Ordre de mobilisation

> « Les préposés parleront au peuple en ces termes : "Si quelqu'un a bâti une maison neuve et n'en a pas encore pris possession, qu'il parte et s'en retourne à sa maison ; car il pourrait mourir dans la bataille, et un autre en prendrait possession." »
>
> Deutéronome XX, 5.

Il fallut deux jours aux émissaires de Jabès-Galaad pour parcourir les cent cinquante kilomètres les séparant de Ghibea-de-Benjamin. Ils regardaient à présent avec inquiétude le soleil couchant qui était signe pour eux de repartir. Il s'avéra qu'ils ne rapporteraient chez eux ni consolation ni salut. Autour d'eux les gens de Ghibea se répandaient en pleurs amers, même si aucun d'entre eux n'offrit une aide concrète pour aider ceux de Jabès-Galaad à se libérer du siège des Ammonites.

Le bruit de la foule gémissante attira au centre de la ville un garçon de haute taille précédé d'une paire de bœufs, tout juste rentrés des champs.

C'était Saül, fils de Kich, qui allait bientôt sauver Jabès-Galaad et devenir roi d'Israël. Un avenir moins réjouissant attendait les deux bœufs. Dans la journée, ils furent débités en morceaux, lesquels furent envoyés à toutes les tribus d'Israël. Les pièces de viande et la peau se révélèrent le plus convaincant ordre de mobilisation jusqu'à ce jour qu'adressa un stratège israélite à ses soldats réservistes.

Salut à l'heure la plus chaude de la journée

Les émissaires de Jabès racontèrent à ceux de Ghibea que Nahach roi d'Ammon faisait le siège de leur ville et avait refusé qu'ils se soumettent. Il était prêt à signer avec eux un pacte à la condition seulement que tous les habitants se crèvent l'œil droit. Le fier Ammonite avait consenti à leur accorder un délai d'une semaine afin qu'ils puissent régler leurs affaires. « Saül se sentit envahi par l'esprit divin et enflammé d'indignation. Il prit une paire de bœufs et les coupa en morceaux, qu'il envoya par les messagers de tout le territoire d'Israël, avec ces paroles : "Quiconque ne suivra pas Saül et Samuel, voilà comme on traitera ses bœufs !" » Les pièces de bœuf et la menace qui les accompagnait firent leur effet. Personne n'osa se défiler, « et une terreur divine s'empara du peuple, et ils accoururent comme un seul homme. On les recensa à Bezek ; les enfants d'Israël furent trois cent mille, et ceux de Juda trente mille ». Cette nuit-là, Saül fit descendre ses troupes dans la plaine du Jourdain d'où il grimpa jusqu'à Galaad. Aux premières lueurs de l'aube, l'armée ammonite fut surprise par l'assaut des forces israélites qui se subdivisaient en trois corps, « et ils battirent les Ammonites jusqu'au plus chaud de la journée ; ceux qui purent échapper se débandèrent, si bien qu'il n'en resta pas deux ensemble ». Il faut dire, entre parenthèses, que ce n'est pas pour rien que les fils de Jabès s'adressèrent précisément à ceux de Benjamin pour leur demander de l'aide. Entre Jabès et Ghibea régnaient des relations familiales dont la genèse est à rechercher dans la tragédie de l'histoire de la concubine à Ghibea. Le lecteur intéressé pourra compulser à ce sujet les derniers chapitres du livre des Juges. Après la mort de Saül à Ghelboé, les combattants de Jabès arrachèrent son cadavre de la muraille de Beth-Chân où il avait été cloué au pilori par les Philistins. Ces actes de charité refermèrent là le cercle de loyauté et de sacrifice entre Saül et Jabès-Galaad. Quoi qu'il en soit, l'injonction de mobilisation envoyée par Saül à toutes les tribus d'Israël témoigne que les soldats n'étaient pas toujours d'un fol enthousiasme pour se rendre au combat. Saül avait supposé qu'au sein du peuple s'élèveraient des voix de protestation et qu'il se trouverait sûrement quelqu'un pour rappeler que Jabès-Galaad était une ville éloignée, sur la rive orientale du Jourdain et qu'il était dommage de sacrifier pour elle des vies de combattants. Ces craintes avaient en effet quelque fondement. Pendant la période des Juges, nombreux sont les cas d'enrôlement imparfait, d'insoumission, voire de résistance. L'exemple le plus marquant peut-être se trouve dans le chant de Déborah. La prophétesse avait appelé les enfants d'Israël à se porter volontaires pour aller secourir les tribus du Nord et des plaines dans leur lutte contre Jabin, roi de Haçor, et le général de son armée, Sisara. Déborah elle-même se trouvait dans la montagne d'Éphraïm, dans une région qui ne souffrait pas directement de la pression de Jabin. Sa personnalité enthousiaste et son charisme avaient fait affluer sous les drapeaux une tribu du Sud comme celle de Benjamin, éloignée de la région des combats, même si l'autorité de cette énergique prophétesse n'empêcha pas de multiples cas d'insoumission à l'effort collectif. Déborah allait étriller les lâches dans son célèbre chant du livre des Juges.

Écoutant le murmure des troupeaux

Nephtali, Issachar et Zabulon furent les tribus qui eurent le plus à souffrir du Cananéen et qui supportèrent pour l'essentiel l'effort de guerre. Elles furent néanmoins aidées par les tribus Éphraïm, Benjamin et une partie de celle de Manassé. Déborah blâma celles qui restèrent à l'écart : « C'est que, pour les groupes de Ruben, grave est la perplexité d'esprit. Pourquoi es-tu resté entre les collines, écoutant le murmure des troupeaux ? » À celle de Dan elle demanda : « Dan, qui le retient près des ruisseaux ? » Avant de stigmatiser Aser : « Aser s'est fixé sur le littoral, il se cantonne près de ses portes. » Le reproche le plus virulent est lancé à l'adresse de la ville de Méroz : « Maudissez Méroz, a dit le messager du Seigneur, vouez à l'exécration ses habitants ! Car ils ne sont point venus seconder le Seigneur. Seconder le Seigneur parmi les braves. »

Il est aujourd'hui difficile de blâmer Dan, Gad, Ruben et Aser de ne pas avoir aidé les autres tribus. À l'époque des Juges, en l'absence de pouvoir central, chaque tribu se souciait d'elle-même, et tout au plus contractait des alliances afin de résoudre un problème régional. Un autre fait se produisit au cours des guerres de colonisation en terre de Canaan ; dans le livre des Nombres, chapitre XXXII, est relatée la demande des enfants de Gad et de Ruben à Moïse de pouvoir coloniser Galaad : « Ils dirent (encore) : "Si nous avons trouvé faveur à tes yeux, que ce pays soit donné en propriété à tes serviteurs ; ne nous fais point passer le Jourdain." » Moïse réagit violemment à ce qui lui parut comme une dérobade à la campagne de mobilisation : « Quoi ! vos frères iraient au combat, et vous demeureriez ici ! » Les enfants de Ruben et de Gad lui promirent alors : « Nous irons en armes, résolument, à la tête des enfants d'Israël [...]. Nous ne rentrerons pas dans nos foyers que les enfants d'Israël n'aient pris possession chacun de son héritage. [...] Nous passerons en armes, devant le Seigneur, dans le pays de Canaan. » Et ce n'est ainsi qu'après la conquête du pays que Josué autorisa les combattants de Gad, de Ruben et de la moitié de Manassé à retourner « au pays de votre possession que vous a donné Moïse, serviteur de l'Éternel, au-delà du Jourdain ».

La norme ambitieuse que s'étaient fixée les colonisateurs de la rive orientale, à la demande de Moïse, ne fut donc pas respectée à la période des Juges. Mais les dérobades des tribus et de certaines agglomérations à ces guerres et celles qui allaient suivre n'avaient aucun fondement idéologique. Ni l'objectif ni la moralité de ces conflits ne guidaient ceux qui demeuraient chez eux. L'on peut supposer que l'absence de pouvoir centralisé ajoutée à des motivations personnelles ou de confort étaient au cœur du phénomène. De nos jours, il semble que toute l'attention se tourne vers la mobilisation des individus et dans ce contexte il convient de s'intéresser au Deutéronome. Le lecteur pourra y trouver une réflexion sage et édifiante sur le sujet de la mobilisation au combat. Il serait souhaitable qu'un pouvoir qui n'hésite pas à jeter des dizaines de combattants en prison en tant qu'objecteurs de conscience, tout en dispensant du service militaire des milliers de parasites, s'intéresse quelque peu aux velléités de cœur et d'esprit de l'antique législateur israélite.

La commission des dispenses

Il est vraisemblable qu'en ce temps-là déjà les guerres ne soulevaient pas un grand enthousiasme parmi les soldats réservistes. Aussi le législateur s'intéressa-t-il au problème spécifique de l'enrôlement. Le chapitre XX du Deutéronome s'ouvre par ces mots : « Quand tu t'avanceras contre tes ennemis. » Il ne définit pas quel type de guerre ni les raisons qui y conduisent. Il lui confère dès le début le statut de guerre nécessaire, octroyant aux dirigeants qui ont conduit le peuple au combat un crédit limité de raison et de réflexion. D'abord, établit le législateur, le pontife apparaîtra devant les appelés et les encouragera : « Écoute, Israël ! Vous allez, en ce moment, livrer bataille à vos ennemis ; que votre courage ne mollisse point ; soyez sans crainte, ne vous laissez ni déconcerter ni terrifier par eux. Car c'est l'Éternel, votre Dieu, qui marche avec vous, afin de combattre pour vous [...] et de vous procurer la victoire. » Qui a eu vent des aimables pamphlets du rabbinat militaire reconnaîtra bien sûr le style ! Après ces propos salutaires et consolateurs, les préposés s'adressent au peuple, et nous sommes de fait témoins d'une véritable commission publique de coordination de réservistes : « Les préposés parleront au peuple en ces termes : "Si quelqu'un a bâti une maison neuve et n'en a pas encore pris possession, qu'il parte et s'en retourne à sa maison ; car il pourrait mourir dans la bataille, et un autre en prendrait possession. Si quelqu'un a planté une vigne et n'en a pas encore pris possession, qu'il parte et s'en retourne chez lui ; car il pourrait mourir dans la bataille, et un autre acquerrait cette jouissance. Et si quelqu'un a promis mariage à une femme et ne l'a pas encore épousée, qu'il parte et s'en retourne chez lui ; car il pourrait mourir dans la bataille et un autre l'épouserait." » Nous sommes face à trois claires catégories de dispense du devoir de mobilisation pour la guerre. Cette législation vient permettre à tout Israélite de fonder une maison et une famille avant que de risquer sa vie. L'affaire de la maison, de la vigne et de la femme nous rappelle que, en plus des malédictions qui guettent quiconque ne respecterait pas les commandements divins détaillés dans Nombres XXVIII, s'ajoute cette autre injonction :

« Tu te fianceras à une femme et un autre la possédera ; tu bâtiras une maison et tu ne t'y installeras point ; tu planteras une vigne, et tu n'en auras point la primeur. » Une loi de mobilisation supplémentaire apparaît dans Deutéronome XXIV à l'attention de l'administration militaire : « Si quelqu'un a pris nouvellement femme, il sera dispensé de se rendre à l'armée, et on ne lui imposera aucune corvée ; il pourra vaquer librement à son intérieur pendant un an, et rendre heureuse la femme qu'il a épousée. » On trouve dans cette législation plein d'humanité et de sagesse, mais force est de constater que dans toutes les guerres bibliques pas une n'apparaît où des combattants furent dispensés en vertu des lois susmentionnées.

La commission des dispenses du Deutéronome bénéficia nécessairement de l'attention des Sages. Ils prétendirent que ces versets furent écrits relativement aux guerres facultatives, alors que pour ce qui est « de la guerre obligatoire, chacun doit s'y rendre. Même un marié doit sortir de sa chambre et une mariée de sous son dais nuptial ». Les Sages faisaient la distinction entre guerre facultative, guerre obligatoire et guerre sainte. Certains prétendent qu'une guerre défensive est une guerre obligatoire alors qu'une guerre offensive demeure de l'ordre du combat facultatif. Tous s'accordent à dire que la guerre contre Amalec et la conquête du pays sont de l'ordre de la guerre sainte quand celles de David pour l'élargissement des frontières restent facultatives. Ainsi subsiste-t-il un large vide juridique pour les dirigeants de notre temps les laissant libres de manœuvrer comme bon leur semble.

Néanmoins la Bible ne se souciait pas de classer les guerres. Le législateur ne s'intéressait pas aux catégories dites facultatives, obligatoires et saintes et ainsi manifesta-t-il sa sagesse et sa vision. Le législateur savait qu'en définitive la catégorie et la nécessité de chaque conflit seraient fixées à chaque génération selon la conjoncture et l'idéologie sous-jacente. Le législateur était conscient qu'un dirigeant talentueux saurait présenter chaque bataille comme une guerre sainte quand bien même ne serait-elle qu'une farce tragique et une succession d'erreurs. Ainsi le législateur ne s'intéressa-t-il pas à une catégorisation des guerres, se contentant de justifier des dispenses au motif que le soldat « pourrait mourir dans la bataille ». Et pour qui meurt à la guerre — peu lui chaut de tomber au combat lors d'une guerre sainte, facultative ou même obligatoire. Dès l'instant où il meurt, un autre acquerra la vigne qu'il a plantée, un autre résidera dans la nouvelle maison qu'il vient de construire, et un autre prendra l'élue de son cœur à laquelle il s'était fiancé alors qu'il ne la reverrait plus.

Le peureux et le pleutre

Mais l'article le plus révolutionnaire de la loi des dispenses du Deutéronome vient ensuite. « Les préposés adresseront de nouveau la parole au peuple et diront : "S'il est un homme qui ait peur et dont le cœur soit lâche, qu'il se retire et retourne chez lui, pour que le cœur de ses frères ne défaille pas comme le sien !" » Selon Ibn Ezra, « l'homme qui a peur craint de frapper autrui, quant à celui dont le cœur est lâche il craint un mauvais coup d'autrui » ! Pour Nahmanide, celui qui a peur « n'est pas d'un naturel à supporter la vue d'un glaive assassin... et on le laisse rentrer chez lui. Quant au lâche, de par sa nature faible, il prendra, quant à lui, la fuite ou s'évanouira ».

Rashi cite Rabbi Yossi Glili qui considère celui qui a peur sous un angle très original. Selon lui, le peureux ne craint pas la guerre elle-même mais « ses propres péchés ». Aussi la Bible autorise-t-elle « à retourner chez soi, à sa vigne ou à sa femme pour préserver ceux qui rentrent du péché et du regard des autres qui diront — peut-être a-t-il bâti une maison, planté une vigne ou s'est-il fiancé à une femme ». Rabbi Aqiva qui fut le maître avant de devenir l'adversaire de Rabbi Yossi Glili préférait comprendre l'expression « l'homme qui a peur et dont le cœur est lâche » de façon littérale : « comme quelqu'un incapable d'affronter les affres de la guerre et de souffrir la vue d'un glaive dégainé ». Nos maîtres supputaient que la foule des mobilisés eût été susceptible d'exploiter la législation biblique afin de se dérober massivement à l'obligation militaire. Aussi apportèrent-ils un amendement selon lequel « chacun se devait d'apporter une preuve », pour justifier l'existence d'une nouvelle vigne, d'une maison construite et d'une fiancée qui se languit. « À l'exception de l'homme qui a peur et dont le cœur est lâche aux yeux de tous. Au son d'un volet qui claque, d'un cheval qui hennit, ou à la vue d'un sabre, il tremble et l'eau lui coule entre les jambes. »

Ainsi la possibilité légale de déclarer sa peur et d'être dispensé existe. La raison apparemment voudrait que rares soient ceux prêts à s'identifier publiquement à des couards pour rentrer au vu et au su de tous chez eux sous les quolibets et la réprobation collective. Mais la réalité biblique nous enseigne que les choses peuvent en être différemment, comme nous l'apprend l'affaire des soldats du juge Gédéon.

Vingt-deux mille poltrons

Gédéon, comme on s'en souvient, combattit avec trop de facilité les Madianites ainsi que le relate le livre des Juges. Parvenu à recruter trente-deux mille combattants, il les avait rassemblés à En-Harod. Là, Dieu lui ordonna : « Donc, porte aux oreilles du peuple cet avis : Que ceux qui ont peur et qui tremblent rebroussent chemin et tournent du côté de la montagne de Galaad. » Le résultat fut saisissant : « [...] vingt-deux mille hommes se retirèrent, et il en resta dix mille. » Autrement dit soixante-neuf pour cent des soldats de Gédéon saisirent l'occasion pour s'en retourner chez eux au galop. On comprend à présent la raison pour laquelle ce cas dans la Bible où une telle occasion fut offerte à des soldats ne se renouvela pas. Le résultat fut en effet au-delà de ce que l'on pouvait escompter. Il faut souligner qu'il n'y eut pas entre les soldats de Gédéon de polémiques quant à la nécessité ou à la justification de la guerre. Les Madianites exerçaient alors une forte pression sur les enfants d'Israël et il était nécessaire pour tout le monde de se soustraire à leur pesant joug. Cela étant, vingt-deux mille hommes n'hésitèrent pas à s'identifier publiquement à des pleutres et à regagner leurs pénates. Quant aux dix mille hommes restants, Gédéon en purifia encore neuf mille sept cents autres, formant alors l'unité fort célèbre de ceux qui lapent et qui eut raison des troupes de Madian. Mais la dispense des couards dans le cas de Gédéon n'est pas la même que celle édictée par les lois bibliques. Le législateur leur enjoignait de rentrer chez eux afin qu'ils ne découragent pas les autres combattants. Mais au temps de Gédéon, Dieu réclama de les purifier : « Ton armée est trop nombreuse pour que je lui livre Madian. Israël pourrait s'attribuer l'honneur qui m'appartient en disant : C'est à moi-même que je dois la victoire. » Raison quelque peu suspecte, et encore c'est un euphémisme ! Si Dieu avait voulu s'octroyer pour lui-même toute la gloire de la victoire, pourquoi alors des soldats avaient-ils été mobilisés dès le début ? Un petit miracle, une pluie de pierres tombées du ciel, une épidémie mystérieuse auraient résolu le problème des Madianites de manière rapide et élégante. Mais les choses apparemment ne furent pas si simples. Selon toute apparence, cette hémorragie de désertion de la part du camp d'Israël força Gédéon à réévaluer la nature de ses troupes et le degré de leur ferveur. Il renonça à une guerre conventionnelle et adopta une tactique prudente qui lui apporta en effet la victoire.

Saül, fils de Kich, avec lequel nous avons commencé, comprit qu'il ne pourrait pas utiliser éternellement des steaks de bœuf sanguinolents comme ordres de mobilisation. Il leva un embryon d'armée régulière forte de trois mille hommes. David, qui arriva après lui, agrandit l'armée, mit sur pied une troupe de mercenaires et constitua des unités supplémentaires. Mais même en son temps, les réservistes représentaient l'essentiel de la force du royaume en temps de guerre. Le lecteur intéressé par le sujet de l'organisation et de la gestion des unités de réservistes de David pourra trouver des informations dans le livre des Chroniques I, XXVII. Peut-être faut-il revenir en guise de conclusion sur le cas de la plus grande mobilisation de l'époque biblique, liée elle aussi à la ville de Ghibea de Benjamin et à des morceaux de viande envoyés à travers tout le pays. Il s'agissait du cadavre de la concubine que les habitants de Ghibea avaient sauvagement assassinée. Quatre cent mille hommes à pied, leur glaive dégainé, s'étaient rassemblés et vinrent « comme un seul homme depuis Dan jusqu'à Bersabéem [...]. Se rendirent ensemble toutes les sommités du peuple, de toutes les tribus d'Israël ». Cette mobilisation avait été décrétée pour combattre la tribu de Benjamin afin de lui asséner une leçon à cause de l'affaire de la concubine à Ghibea. À l'époque déjà, les guerres connaissaient partisans et opposants, mobilisés et dispensés, volontaires et insoumis. Mais dès lors qu'il s'agit de guerre civile, il n'y a plus personne ! Et nous en savons quelque chose !

CHAPITRE 6

D'une enfance difficile aux affaires religieuses

> « Si tu daignes considérer l'affliction de ta servante, te souvenir d'elle et ne point l'oublier ; si tu donnes à ta servante un enfant mâle, je le vouerai au Seigneur pour toute sa vie... »
>
> I Samuel I, 11.

Depuis l'aube, les parents et leur jeune fils attendaient le pontife Héli. Quand le vieil homme apparut dans le sanctuaire de Silo, ils se levèrent et se prosternèrent devant lui. La femme, qui paraissait la plus émue, rappelait confusément quelque chose au vieux prêtre. Elle et son époux étaient élégamment apprêtés et apportaient avec eux une offrande de grande valeur, trois gros taureaux qui se tenaient dans la cour, beuglant à l'odeur du sang des sacrifices.

L'homme se présenta : Elkana, fils de Yeroham, un Éphratéen. Puis aussitôt il recula à petits pas et laissa sa compagne mener la conversation. « Écoute-moi, seigneur », dit-elle, le regard agité en tous sens, à Héli : « Par ta vie, Seigneur ! Je suis cette femme que tu as vue ici, près de toi, implorer l'Éternel. C'est pour obtenir cet enfant que j'avais prié ; et l'Éternel m'a accordé ce que je lui avais demandé. Mais à mon tour je l'avais voué au Seigneur : depuis qu'il est né, il est consacré à Dieu. » Sa femme poussa son fils devant elle vers le prêtre. Son débit rapide et haché, sa nervosité aidèrent Héli à se rappeler qui elle était. Il reconnut la femme stérile de Ramataïm-Çophim, Hanna, qui priait devant lui régulièrement il y a encore trois ans. La femme qui avait fait le serment de faire grandir son fils dans la maison du Seigneur revenait à présent honorer sa promesse. « Comment t'appelles-tu, mon fils ? » demanda le prêtre à l'enfant. « Samuel », répondit la femme de sa voix aiguë et tendue. « Il s'appelle Samuel, parce que j'ai demandé cet enfant au Seigneur. » L'enfant rondelet qui paraissait avoir deux ans leva vers le prêtre un regard pur et innocent. Héli ignorait alors qu'il regardait son héritier. Il ne lut pas dans ces yeux enfantins le don de prophétie de Samuel le voyant. Il ne vit pas les yeux qui allaient semer la crainte et l'adoration dans le cœur du peuple tout entier. Il ne perçut que le regard apeuré d'un enfant que ses parents s'apprêtaient à abandonner.

La femme stérile enfante sept fois

La Bible abonde en femmes stériles, mais toutes conçurent et enfantèrent selon un modèle littéraire éprouvé, grâce à une dramatique intervention divine pleine de miséricorde. Le lecteur se souvient bien évidemment de la nouvelle colportée par les anges à Abraham de la conception attendue de Sarah, des histoires émouvantes de la souffrance de Rachel éplorée priant Dieu qu'il exauce sa demande et ouvre sa matrice. Un ange de Dieu s'était révélé à la femme de Manoah dans un champ et lui avait dit « tu concevras et tu auras un fils » ! De même Rébecca était-elle stérile et son sein ne devint fécond qu'après les suppliques d'Isaac. Le prophète Élisée avait prophétisé à la grande femme du Sunâm : « à pareille époque, autour de cette saison, tu presseras un fils dans tes bras ». La femme stérile tourmentée et pleine d'espoir est un personnage biblique classique, mais Hanna en revanche, la mère de Samuel, tranche avec une puissance particulière.

Nous rappellerons au lecteur quelques détails des premiers chapitres du livre de Samuel. Elkana, le père de Samuel, était marié à Hanna et à Peninna. « Peninna avait des enfants, Hanna n'en avait point. » À l'instar de ce qui se passa dans le foyer de Jacob, le maître de maison aimait sa femme stérile, mais Hanna, honteuse et humiliée à cause de sa stérilité et par les vexations réitérées de Peninna sa rivale, en devint aigrie. Elkana s'efforça de consoler sa compagne : « Hanna, pourquoi pleures-tu ? Pourquoi ne manges-tu point et pourquoi ton cœur est-il affligé ? » lui demanda-t-il, ajoutant avec une affection sotte : « Est-ce que je ne vaux pas, pour toi, plus que dix enfants ? » Hanna trouva espoir et refuge en allant prier dans la maison du Seigneur de Silo. Entre les lignes on comprend que cette habitude, obsessionnelle, attira l'attention du pontife Héli. La malheureuse passait tant d'heures à Silo. « L'âme remplie d'amertume, elle pria devant l'Éternel et pleura longtemps. » Les années passèrent et son espoir ne fut pas réalisé. Dans sa détresse, elle décida de faire un vœu sans précédent : « Éternel-Cebaot ! Si tu daignes considérer l'affliction de ta servante, te souvenir d'elle et ne point l'oublier ; si tu donnes à ta servante un enfant mâle, je le vouerai au Seigneur pour toute sa vie, et le rasoir ne touchera point sa tête. » Ce vœu et le comportement de Hanna en général témoignent de l'influence destructrice de ses tourments sur son âme. Il marque le sommet de son trouble mental croissant. Quelle étrange situation que cette femme qui attend un fils et qui entend déjà s'en séparer.

En fait, Hanna fait ici un double vœu. Le vœu du don en son nom propre selon lequel elle livrera à Dieu son fils qui va naître et le vœu d'abstinence, au nom de ce même fils, de se faire couper les cheveux. Pareillement pour Samson ; il avait été décidé avant qu'il ne naisse qu'on ne les lui couperait pas. Toutefois, ce n'était pas là le vœu de sa mère mais la demande explicite de l'ange de Dieu qui s'était manifesté à elle.

Ici se pose un cas juridique intéressant. Comment quelqu'un peut-il émettre un vœu au nom d'autrui, outre le fait que ce dernier n'est pas encore né ! Autant que je sache, ni les sages ni les exégètes ne se sont penchés sur cette question, si ce n'est David Qimhi qui put écrire : « Je m'étonne que l'on puisse faire un vœu sur son fils pour qu'il se consacre à Dieu avant même qu'il ne naisse [...] et plus encore du fait que nos maîtres n'aient point évoqué ce sujet, car je n'ai rien trouvé de tel dans leurs propos, ni dans le midrash ni dans le Talmud. »

Malgré ces arguties juridiques, Dieu entendit l'imploration de Hanna et celle-ci conçut, donnant naissance à un fils. La Bible ne nous dit pas la joie qui régna dans la demeure de Hanna et d'Elkana. Laissons le lecteur imaginer lui-même le visage livide de Peninna et l'attention dont put jouir, par la nature des choses, le petit Samuel.

Mais au-delà de la joie de la grossesse et de la naissance, au-delà du bonheur que procura ce premier bébé à Hanna, planait l'ombre terrible du vœu de Silo. Un vœu qui l'obligeait à livrer le fruit de son ventre au sanctuaire de Dieu. Hanna avait appelé son fils Samuel « parce que j'ai demandé cet enfant au Seigneur », avait-elle dit. Peut-être avait-elle choisi ce nom pour se rappeler soir et matin, et chaque fois qu'elle appelait son fils, que bientôt son unique enfant la quitterait et ne serait plus sous sa tutelle. Comment Hanna éleva-t-elle Samuel jusqu'à ce qu'il fût sevré ? Comment le couchait-elle chaque soir dans son petit berceau après avoir passé encore un jour avec lui ? Quelles chansons lui fredonnait-elle en le berçant dans ses bras ? La Bible, comme à son habitude, nous prive de ces émouvants détails et il revient au lecteur de se les représenter par la force de son imagination.

Pourtant, le jour où elle devait remettre son enfant à la maison du Seigneur approchait. Plus se rapprochait la date, plus l'étonnante question de toute cette affaire, à savoir l'intervention d'Elkana, devenait cruciale. Le vœu de Hanna était susceptible d'être annulé, et si Elkana l'avait voulu, s'il avait fait preuve de fermeté, il eût pu empêcher le départ de Samuel. Les lois du vœu, telles qu'énoncées dans la Bible, lui offraient la possibilité légale d'annulation du vœu exceptionnel de sa femme. Dans le livre des Nombres au chapitre XXX, on peut lire : « Pour la femme, si elle fait un vœu au Seigneur [...], que son époux l'apprenne à une époque quelconque et garde le silence à son égard — ses vœux seront valables et les abstinences qu'elle s'est imposée subsisteront. Mais si, le jour où il en a eu connaissance, son époux la désavoue, il annule par là le vœu qui la lie ou la parole de ses lèvres qui lui imposait l'abstinence ; et le Seigneur lui pardonnera. » Ces propos clairs esquissaient devant Elkana un moyen simple pour garder son fils chez lui. Mais entre les lignes il s'avère qu'Elkana était de l'espèce « des maris qui se taisent » décrits dans la loi. Quant à Hanna, il semble qu'elle ait tenu à ne pas revenir sur sa parole. Cela ne veut pas dire qu'elle l'ait fait le cœur léger. Les tourments qui durent la traverser furent très certainement durs et amers. En témoigne qu'elle se fût abstenue d'accompagner son mari lorsqu'il alla faire un sacrifice familial à Silo. Dans le temps court qui leur était imparti, elle demeura avec son fils à la maison, comme si elle eût voulu oublier l'existence de celle du Seigneur. Elle prétexta ne pas vouloir partir avec son époux, voulant attendre « que l'enfant soit sevré ». « Je l'emmènerai (alors), et il paraîtra en présence du Seigneur, et il y restera toujours », ajouta-t-elle. Toute sa tristesse et sa douleur sont dissimulées dans cette phrase. Hanna ne pouvait se résoudre à se rendre au sanctuaire, lieu où l'enfant était destiné à être envoyé. À ce moment-là Samuel était un nourrisson proche de sa mère et la séparation lui était impensable. La maison de Dieu était le lieu qui lui avait offert son enfant, mais elle était aussi la porte de l'enfer qui « à jamais » le lui ravirait. Hanna laissa échapper une sorte de cri étouffé lorsqu'elle dit « et il y restera toujours », mais Elkana, à qui ces propos étaient adressés, ne parvint néanmoins pas à pénétrer au fond de l'âme de sa compagne. Il ne vit que ses yeux fiévreux et ses lèvres serrées, et n'étant pas véritablement doué de finesse ni de sens psychologique, il ne fit que lâcher faiblement : « fais comme il te plaît », se privant ainsi lui-même autant que sa femme et son fils innocent de la chance d'annuler l'horrible et triste vœu qui allait sceller leur séparation.

L'établissement éducatif de Silo

La séparation attendue et le fait de devoir arracher leur fils de leurs bras auraient dû inciter Hanna et Elkana à annuler leur vœu. Mais il y avait aussi la nature du lieu auquel Samuel était destiné. Quiconque penserait que la maison du Seigneur était une pension améliorée, avec des conditions idéales et les meilleurs pédagogues, se fourvoierait absolument. Le sanctuaire était, par nature, et avec tout le respect qui s'impose, un jardin d'enfants des plus douteux. En outre, ce même établissement à Silo sur lequel nous sommes en train de disserter avait acquis la réputation d'un repaire de brigands, foyer de lucre et de dépravation. La Bible ne cache pas au lecteur la situation morale déplorable dans laquelle se trouvait la maison de Dieu. Les prêtres de ce lieu respectable exploitaient avec abus chaque privilège que les lois de la prêtrise leur octroyaient. La Bible décrit de façon pittoresque comment les prêtres s'appropriaient par la force les morceaux de viande de la foule de croyants crédules venus servir Dieu. « Voici comme ces prêtres en usaient avec le peuple : chaque fois qu'un individu offrait un sacrifice, le serviteur du prêtre survenait pendant la cuisson de la viande, ayant en main la fourchette à trois dents, qu'il piquait dans la marmite, la chaudière, la casserole ou le pot ; et tout ce qu'amenait la fourchette, le prêtre se l'appropriait. Telle était leur pratique envers tout Israélite qui venait sacrifier à Silo. Bien mieux : avant qu'on fît fumer la graisse des victimes, le serviteur du prêtre venait dire à l'offrant : "Donne de la viande à rôtir pour le prêtre, car il n'accepte de toi que de la viande crue et non cuite." Que si l'homme disait : "On doit d'abord faire fumer les parties grasses, tu prendras après ce qu'il te plaira", on lui répondait : "Non, donne tout de suite, sinon je prendrai de force !" »

Les prêtres ne se souciaient pas seulement de la viande des sacrifices. Ils avaient pour habitude aussi de coucher avec les femmes qui « venaient faire leurs dévotions à l'entrée de la tente d'assignation ». Était-ce par peur ou par extase religieuse, mais ces femmes s'abandonnaient aux prêtres dévoyés. Il est fort probable que c'est ainsi que furent résolus les problèmes de stérilité d'une partie d'entre elles et qu'ainsi Silo, de par sa réputation, attirait à lui tant de couples sans enfants. Ce lieu saint où le petit Samuel allait grandir et être élevé naviguait dans les hautes sphères de la déchéance des pratiques religieuses et de ses divisions. Hanna et Elkana connaissaient bien l'endroit car ils s'y rendaient régulièrement, trois fois par an. Si, en dépit de toutes ces raisons, Hanna avait décidé d'accomplir son vœu et d'emmener son jeune enfant à Silo, alors sans aucun doute il s'agissait ici d'un cas sérieux d'obsession religieuse avec pour victime un enfant innocent ayant tout juste quitté le sein maternel.

Comment des enfants pouvaient-ils grandir en un lieu comme le sanctuaire de Silo ? Il y aura très certainement des lecteurs qui penseront que cet enfant bénéficia d'un très grand privilège en profitant de l'éducation du pontife Héli dans une si grande proximité avec le Souverain du monde. C'est peut-être aussi ce que pensa Hanna en tentant de faire taire les douleurs de son cœur et sa nostalgie pour le fruit de ses entrailles. Toutefois, les qualités de Héli le pontife en tant qu'éducateur peuvent être mises en doute. Ses deux fils, Hophni et Phinéas, à la tête des prêtres corrompus, étaient « des hommes pervers qui ne s'inquiétaient pas du Seigneur ». Si c'était là le résultat de la pédagogie de Héli, on pouvait trouver meilleur éducateur.

Le petit manteau

La Bible ne livre qu'un verset, une courte et émouvante phrase à partir de laquelle le lecteur peut ressentir les affres de la souffrance du petit Samuel dans la maison de Dieu. « Un petit manteau que sa mère lui faisait et lui apportait tous les ans, lorsqu'elle venait là avec son mari pour le sacrifice annuel. » Combien d'amour Hanna investit-elle dans la confection de ce petit manteau blanc, de quel parfum de nostalgie le tissu s'imprégnait-il au moment où elle pliait le vêtement pour l'emballer dans son sac de voyage ? Il y avait quelque chose de rituel et de cultuel dans le fait d'apporter le nouveau manteau chaque année à la maison du Seigneur, comme s'il s'était agi d'un nouveau sacrifice de la part de la mère, en plus des offrandes habituelles. Hanna mit cependant au monde d'autres fils et filles après la naissance de Samuel, mais ce verset dévoile la vérité. Sa vie tournait autour de son premier fils, celui qui était loin d'elle, celui que de ses propres mains elle avait chassé de la maison.

Ce manteau devint pour Samuel un symbole. C'était la seule chose qui lui restait entre les mains après que ses parents avaient achevé leur visite et rentraient chez eux. Pour le jeune enfant resté à Silo, il était la preuve de l'amour de ses parents et de l'existence d'un foyer et d'une famille, toutes choses dont il avait été privé. Quelles douleurs et quelle nostalgie emplissaient son cœur lorsqu'il enfilait le manteau que sa mère lui avait apporté ! Combien d'interrogations s'agitaient-elles dans l'esprit de l'enfant de quatre ans qui voulait comprendre pourquoi ses frères et ses sœurs avaient eu le droit de vivre comme tous les autres enfants, lui à qui il incombait de demeurer dans un endroit répugnant et de devoir se contenter d'un manteau !

Plusieurs années plus tard, le roi Saül rendit visite à une nécromancienne à qui il demanda de lui amener Samuel qui désormais reposait au royaume des morts. La femme, par ses dons de magicienne, fit apparaître le prophète. « La femme en voyant Samuel poussa un grand cri [...]. Le roi lui dit : “Sois sans crainte. Qu’as-tu vu ? — J’ai vu, répondit-elle à Saül, un être divin montant de dessous terre.” Il lui demanda : “Quelle figure a-t-il ?” Elle répondit : “C’est un vieillard qui monte, enveloppé d’un manteau. Saül comprit que c’était Samuel.” »

Le manteau encore ! Celui de Samuel. C’était devenu désormais le signe évident de reconnaissance de notre homme. Au point que Saül l’identifia aussitôt. C’était, en effet, la chose immuable que Samuel portait avec lui depuis son enfance. Le manteau était le point sensible de l’âme du prophète, ce qui explique la violente colère dont il fut saisi lorsque Saül déchira un pan de son manteau au chapitre XV après la guerre contre Amalec. Ce vêtement illustre cependant l’influence qu’eut son enfance opprimée sur la vie adulte de Samuel. Point n’est besoin d’être psychologue pour comprendre qu’il faut chercher les racines de la personnalité du prophète en ces jours difficiles dans la maison du Seigneur. Un enfant solitaire ayant grandi dans l’atmosphère délétère du sanctuaire de Dieu à Silo, qui ne se laissa pas entraîner dans la voie pervertie des prêtres, était probablement doué d’une grande force d’âme. Une forte foi animait le jeune garçon qui parvint à grandir et à s’élever après une enfance pareille ; une grande force d’esprit lui fut nécessaire pour se muer en chef spirituel du peuple. Nul doute que l’intransigeance légendaire de Samuel se façonna à Silo. L’absence de compromis de l’homme, son intégrité excessive, sa fermeté et son côté impitoyable frisant la cruauté puisent leur genèse dans cette dure existence ainsi que dans la solitude qu’il goûta dans la maison de Dieu de Silo. Peut-être est-ce la raison pour laquelle il réagit avec une telle véhémence lorsque les Anciens d'Israël vinrent lui réclamer un roi.

Donne-nous donc un roi

Longtemps, Samuel dirigea Israël. Son autorité religieuse était incontestable. Il jugeait le peuple, se tenant à sa tête dans la guerre contre les Philistins et était connu comme un homme droit et probe. Mais au soir de sa vie, il entendit cette requête : « Vois, tu es âgé, et tes fils ne suivent pas tes voies, donne-nous donc un roi pour nous gouverner comme en ont tous les peuples. » Il n'est pas étonnant que Samuel ait accueilli cela avec hostilité. Ces propos le touchèrent profondément. À l'instar de son maître Héli, Samuel avait éduqué ses fils, devenus pourtant corrompus et pervertis. À l'instar de son maître, Samuel avait également échoué, octroyant cependant à ses enfants des fonctions importantes. « Il confia à ses fils le gouvernement d'Israël [...], mais ses fils ne marchaient pas sur ses traces, ils recherchaient le lucre, acceptaient des dons corrupteurs et faussaient la justice. »

La demande des Anciens de proclamer un roi ne remet point en cause Samuel en tant que leader. Que les Anciens s'adressent à lui sans choisir eux-mêmes un nouveau chef en est clairement la preuve. Mais cela révèle néanmoins l'échec de Samuel en tant qu'éducateur dans sa propre maison et souligne le fait connu de tous qu'il n'avait pas à nommer ces deux « fripouilles » au gouvernement. À travers les propos des Anciens, il apparaît qu'ils eussent tout à fait accepté que se perpétue la dynastie de Samuel si ses fils en avaient été dignes. Si ce n'est que, à travers son échec dans sa propre maison, Samuel échouait aussi dans son aspiration d'instituer la dynastie d'un pouvoir religieux en Israël. La conclusion des Anciens est irrévocable et logique après des années d'une longue anarchie décrite dans le livre des Juges, après l'échec de Héli le pontife puis de Samuel d'ériger une lignée religieuse et de prêtres. Il n'y a pas d'autre solution que de se tourner vers le modèle classique, celui de la royauté et d'être ainsi comme tous les peuples.

« Cela déplut à Samuel de les entendre dire : "Donne-nous un roi pour nous gouverner" ; et il adressa une prière au Seigneur. Mais le Seigneur lui répondit : « Cède à la voix de ce peuple, fais ce qu'ils te disent ; ce n'est pas toi qu'ils rejettent, c'est moi-même, dont ils ne veulent plus [...]. Cède donc à leur voix, non toutefois sans les avertir et leur exposer les procédés du roi qui les gouvernera. » Dieu, qui lit dans les cœurs, sut entrevoir les véritables raisons cachées derrière la colère de Samuel. Ce n'était pas la convoitise pour la royauté céleste que le prophète avait à l'esprit, mais le désir de conserver son siège et sa force en tant que chef de l'establishment religieux. Les propos de Dieu le placent sur la même ligne que beaucoup d'autres hommes versés dans les affaires religieuses venus après lui, et dévoilent une autre physionomie du Samuel traditionnellement représenté comme un géant spirituel.

On dit que le prophète Samuel est né circoncis. Qu'il est de la même trempe que notre maître Moïse. De la part d'un homme doté d'une telle importance spirituelle, nous eussions attendu une explication originale et profonde ; qu'est-ce que « les procédés du roi qui les gouvernera » ? Nous eussions préféré une grande confrontation entre l'homme de foi et l'idée de la royauté, entre la royauté céleste et le pouvoir terrestre, nous eussions aimé que Samuel stigmatise la demande des Anciens de vouloir être « comme tous les peuples » et le voir expliquer au peuple qu'Israël n'est pas comme les autres peuples, que le Saint béni soit-Il est le roi des fils du peuple élu et non un homme ordinaire.

Ces espoirs ne sont pourtant pas vains. La Bible présente devant nous quelques hommes de foi qui ont combattu la royauté par principe et sur le plan idéologique. Jérémie, qui se battit contre les conceptions politiques et sociales du roi Joïaqim. Amos, le paysan de Tekoa, qui mit son existence en danger contre Jéroboam et ses prêtres. Le cri du prêtre Élie « Quoi ! Tu as assassiné et maintenant tu prends possession ! » résonne encore dans les oreilles de tous les despotes, depuis l'époque d'Achab jusqu'à nos jours. Mais ces gens-là agissaient avec une conscience morale et religieuse. Aucun des prophètes ne voulait le pouvoir pour lui-même. Tel ne fut cependant pas le cas pour Samuel. Il agit non seulement par croyance dans la royauté divine, mais aussi par convoitise du pouvoir personnel. Non seulement comme représentant de Dieu sur terre, mais aussi comme émissaire de l'establishment sacerdotal et religieux, organisme doté d'intérêts et de revendications politiques claires déjà en ce temps-là. De fait, son discours dans I Samuel chapitre VIII engendre une lourde déception pour qui attendrait de l'élévation d'esprit et un combat spirituel. On n'y trouve ni idée ni principe. Ce n'est que polémique mesquine qui rappelle les discours électoraux les plus vils, pétris de calomnies et de menaces, comme on peut les entendre fuser entre les différents partis. Samuel met le peuple en garde contre le roi qui asservira ses fils et ses filles pour ses besoins et ceux de sa cour. Qui confisquera les champs et les récoltes à son profit et à celui de ses hommes. Qui prélèvera la dîme de la récolte pour la donner à ses eunuques. Et je n'aurais pas été étonné que le prophète inclue également un avertissement quant à la montée du taux de chômage ou à la baisse du cours de la monnaie, etc., ainsi que d'autres sombres prévisions sur l'autorité du futur roi. La réaction du peuple n'est pas surprenante : ils rejettent tous les propos de Samuel et s'entêtent à réclamer un roi. Cela n'est pas une simple obstination ou de l'étroitesse d'esprit. Par son discours, Samuel ne leur a rien appris de nouveau. Qui aurait seulement douté que le roi allait prélever des impôts ? Et que signifie tout ce galimatias sur les dîmes ? Samuel est lui-même le représentant de la prêtrise — dont les dîmes sont la source de la subsistance et la racine de la corruption. Les propos de Samuel n'ont aucune influence et Dieu le lui fait entendre : « Défère à leur demande et donne-leur un roi. » Les paroles de Samuel ne témoignent pas d'un manque d'intelligence mais de son ire — qui le prive d'un jugement sensé. La colère de Samuel et sa diatribe contre l'intronisation d'un roi témoignent, s'il était nécessaire, de sa vexation face à la demande du peuple.

La véritable harangue, les mots que l'on attendait quant à la lutte idéologique contre la royauté — tout cela Samuel ne le formulera qu'après l'intronisation de Saül et l'instauration de la royauté en Israël. Ce discours, les paroles d'adieu du prophète Samuel figurent dans le premier livre, chapitre XII.

Tempête estivale

Dans le livre de Samuel se trouvent deux versions de l'intronisation de Saül. Sans m'attarder sur la question, je ne soulignerai que ce qui a trait à notre sujet. Après que Saül est venu à bout de Nahach l'Ammonite, il fut oint à Ghilgal des mains de Samuel, apparemment pour la seconde fois, et assit son autorité sur le peuple. C'est alors que mûrit dans l'esprit de Samuel l'idée de son départ. Il rassemble le peuple, commence par dire qu'il a intronisé le roi selon leur demande (autrement dit contre sa volonté), il a à présent un âge avancé, et c'est alors qu'il pose une question devenue depuis classique : « Est-il quelqu'un dont j'aie pris le bœuf ou l'âne ? » Personne ne met bien sûr en doute l'intégrité et la probité du vieux prophète, et c'est le moment que Samuel choisit pour attaquer la royauté et le jeune roi. Il rappelle au peuple la sortie d'Égypte, œuvre des mains de Dieu, sous la conduite de Moïse, son émissaire, le plus grand leader de tous, et qui ne fut pas roi.

Il rappelle au peuple la période des Juges. Pour les besoins de son propos, Samuel ne décrit pas cette période comme une période d'anarchie, du genre « et chacun faisait ce que bon lui semblait », mais comme une sorte d'ère de miracles et de prodiges — le peuple fautait, était puni par l'invasion d'ennemis, revenait à son Dieu, lequel envoyait à sa rescousse les juges pour qu'ils le sauvent. Dans un excès d'autorité, Samuel, étonnamment, se compte lui-même parmi les juges salvateurs : « Et le Seigneur a suscité Jérubbaal et Bedân, Jephté et Samuel; il vous a soustraits au pouvoir de vos ennemis d'alentour, et vous avez recouvré la sécurité. » Autrement dit, Samuel représente l'archétype du pouvoir idéal sans gouverneur pérenne, source de déferlement de maux lorsque le peuple vient à pécher. Samuel en arrive au cœur du sujet — « Or, voyant que Nahach, roi des Ammonites, marchait contre vous, vous m'avez dit : "Non, c'est un roi qu'il nous faut", quand vous aviez pour roi l'Éternel, votre Dieu ! » Samuel oubliait, ou préférait oublier, la demande originelle d'un roi due aux héritiers dépravés qu'il avait lui-même placés. Il stigmatise la menace ammonite comme unique justification. À présent il use de l'argument de principe : « Vous aviez pour roi l'Éternel, votre Dieu ! » Mais de manière surprenante, il change de direction après cette déclaration. « À condition que vous révériez l'Éternel [...] et que vous demeuriez, vous comme le roi qui vous gouverne, fidèles à l'Éternel, votre Dieu. [...] Mais si, indociles à la voix de l'Éternel, vous méconnaissez sa parole, la main de l'Éternel vous atteindra comme elle atteignit vos pères. » Ici commence le retrait programmé et ingénieux et la dénégation totale de l'idée de royauté exprimée auparavant. Le roi se maintiendra à condition que le peuple continue de servir Dieu et de l'écouter. Les propos de Samuel prennent d'autant plus de relief qu'il accomplit un stupéfiant miracle. En plein été, le voilà invoquant Dieu pour que retentisse le tonnerre et qu'il pleuve. « Comprenez alors et voyez combien vous avez mal agi aux yeux du Seigneur en demandant un roi. » Il se met alors à tomber une pluie diluvienne qui suscite un terrible effroi au sein du peuple. Samuel exprime aussitôt un repentir — « Que nous ne mourions pas, pour avoir, à tous nos péchés, ajouté le tort de demander un roi ! » S'il l'avait voulu, Samuel eût pu retirer la couronne qui coiffait la tête de Saül. Personne n'eût osé y trouver à redire. Néanmoins Samuel fait preuve de perspicacité. Il permet au peuple de conserver son roi mais achève son propos par un avertissement sévère : « Si vous agissez mal, vous serez perdus, et vous et votre roi. »

Pourquoi Samuel revient-il sur ses principes ? Pourquoi, malgré le succès de son discours, octroie-t-il au peuple l'institution de la royauté qu'il vient tout juste d'étriller avec autant de brio ? Parce que Samuel était réaliste et non pas seulement un prophète illuminé. Il avait compris que la demande d'un roi resurgirait inévitablement. En outre, il était conscient qu'il n'avait d'autre alternative acceptable à l'idée de la royauté. De même la royauté céleste nécessitait-elle un représentant sur terre et Samuel n'en avait point sous la main.

Samuel, aux affaires religieuses

Le peuple d'Israël n'est pas le seul au sein duquel des conflits entre le clergé et le pouvoir séculier ont éclaté. Deux cas classiques nous sont connus du monde chrétien. Celui de Henri II, roi d'Angleterre, dont les suppôts assassinèrent l'archevêque de Canterbury, Thomas Becket, en est un bon exemple. Avant, il y eut aussi le cas du pape Grégoire VII qui combattit l'empereur d'Allemagne, Henri IV, et qui l'humilia à Canossa. L'un des décrets que Grégoire fit publier au IIe siècle était que le pape avait le pouvoir de destituer des empereurs. Principe qu'appliqua avec succès Samuel bien des années avant lui. En dépit de ses premiers succès, ce pape fort et ambitieux échoua cependant et perdit le pouvoir. Contre Samuel ne se mesurèrent ni Henri IV ni Henri II. Le roi David lui non plus n'eut pas à l'affronter. Face à lui se tenait Saül : un homme fort et intrépide au combat mais qui tremblait comme une feuille dès qu'il était confronté au prophète. Néanmoins, l'échec du premier roi ne prédisait pas celui de la royauté tout entière. Après s'être ravisé sur l'intronisation de Saül, il envoya Samuel oindre à sa place David pour le placer sur le trône d'Israël. Une question de principe surgit là — l'opposition du prophète et de Dieu à l'idée de la royauté a été devant nous exposée on ne peut plus clairement ; aussi pour quelle raison le prophète s'en alla-t-il oindre un nouveau roi ? La réponse est simple : à nouveau, comme auparavant, l'establishment religieux ne pouvait offrir d'alternative convenable à la royauté. Ainsi Samuel s'en fut-il introniser David, et ainsi émergea la royauté la plus fameuse d'Israël. Mais, davantage que la fondation de la royauté n'annonce le pouvoir séculier en Israël, elle marque le début du militantisme religieux dans notre pays. Les militants aspirant à un État selon la Loi mosaïque feraient bien de se rappeler le total échec de Samuel dans l'instauration d'un tel État.

En attendant le prophète

Le clash entre Samuel et Saül se produisit finalement, comme l'on sait, après la guerre contre Amalec. Une guerre initiée par le prophète et dont on peut discuter de la nécessité. Mais auparavant se préparait la guerre à Mikhmach, exemple le plus flagrant des efforts de Samuel d'empêcher la victoire du premier roi d'Israël. Au tout début du règne de Saül, les Philistins avaient pénétré profondément à l'intérieur du pays. Leurs armées bivouaquaient à Ghéba. Leur domination sur Israël n'était plus supportable. Les choses en arrivèrent au point qu'ils interdirent les forges au sein de la population juive, car ils « craignaient que les Hébreux ne fabriquassent des épées ou des javelots ». Un agriculteur israélite qui voulait acquérir une faucille ou aiguiser ses outils devait pour cela descendre jusqu'à la plaine. « Chaque Israélite devait donc aller chez les Philistins pour faire affiler son soc, son hoyau, sa cognée ou sa faux. » La guerre contre les Philistins s'imposait par les circonstances et celui qui en donna le signal fut le fils du roi, Jonathan, en allant frapper une colonne de Philistins à Ghéba. Face à la petite armée israélite mal équipée, ces derniers faisaient montre d'une supériorité évidente. La guerre de Mikhmach (I Samuel, XIII-XIV) fut un exemple supplémentaire d'un conflit d'une minorité contre une majorité. Mais elle fut aussi l'illustration d'un autre combat pas moins violent — la lutte classique entre le roi et le prêtre, entre la contrainte religieuse et le bien de l'état, entre une gouvernance civile et qui a la prétention de représenter la volonté de Dieu. Face au roi Saül, novice et timoré, se tenait le prophète Samuel que nous connaissons déjà comme religieux inflexible et prêt à tout. Le dernier verset du livre des Juges, « en ce temps-là il n'y avait point de roi en Israël, et chacun faisait ce que bon lui semblait », exprime la nostalgie d'un pouvoir régulier et durable. Un message clair prônant essentiellement l'idée de la royauté. Mais cet important verset est aussitôt suivi du livre de Samuel — homme ayant fait tous les efforts possibles pour torpiller le début de la royauté en Israël. Homme qui n'hésita pas à faire usage de la force même s'il était évident que son action risquait de mettre en danger le peuple dans les moments difficiles. Cette période difficile que nous évoquons est précisément la guerre à Mikhmach. Les Philistins mobilisèrent pour elle trente mille chars, six mille cavaliers et une infanterie aussi nombreuse que le sable au bord de la mer. Leur suprématie militaire leur permettait de quitter leurs habitations pour la plaine et de concentrer leurs forces à Mikhmach, située au sud-est de Ramallah de nos jours. L'armée d'Israël était disposée loin de là, à Ghilgal, dans la vallée du Jourdain, loin de la tribu de Saül. L'infériorité des Israélites ressort non seulement des positions des deux armées et de la supériorité numérique des Philistins, mais aussi de la suprématie de ces derniers sur la fabrication du métal. Au seuil de la guerre, « nul n'avait ni épée ni javelot dans toute l'armée de Saül ». La crainte des Philistins était grande et terrible et « les Israélites, voyant leur position critique, car le peuple était serré de près, se réfugièrent dans les cavernes, dans les buissons, dans les rochers, dans les donjons et les citernes ». Nombreux furent ceux qui s'enfuirent de l'autre côté du Jourdain, vers le territoire de la tribu de Gad. Cette affaire, la faiblesse israélite et la ruine morale du peuple face à la puissance philistine, est un sujet crucial qu'il nous faut souligner afin que le comportement du prophète Samuel sur lequel nous reviendrons apparaisse sous son véritable éclairage. À cette heure critique, Samuel n'hésita pas à mettre le roi d'Israël en échec et l'indépendance et l'existence de l'État en danger au nom des intérêts religieux qu'il représentait ainsi qu'au nom de son ambition personnelle. La petite armée israélite attend alors à Ghilgal. Chaque heure qui passait amenuisait ses chances au combat. L'armée attendait-elle un changement météorologique ou quelque manifestation de bonté de la part du Ciel ? Attendait-elle un renfort d'un État ami ou un envoi d'armes, de denrées qu'elle ne possédait pas ? La vérité était plus simple. Le roi d'Israël et son armée attendaient que le prophète Samuel se donne la peine d'arriver pour offrir un holocauste au Seigneur avant de partir au combat. Ils attendirent et attendirent encore, mais Samuel ne venait pas. La présence de religieux dans les guerres d'Israël était quelque chose de fréquent. Le prêtre Ébyatar accompagna David dans ses combats. Le prophète Élisée demeura avec l'armée d'Israël qui combattait contre Moab. Les prophètes d'Israël se tinrent à la tête des luttes colonisatrices au temps de Josué. Les sacrifices étaient le droit exclusif des prêtres, mais aucun d'eux n'aurait osé s'en prévaloir pour interférer dans le combat. Chose impensable, qu'allait pourtant réaliser à présent Samuel dans la seule intention de confronter Saül à une épreuve impossible. Pour ne pas être parvenu à empêcher l'intronisation de Saül ou avoir réussi à le transformer en roi potiche, Samuel décida de retarder sciemment la cérémonie des sacrifices. Ce n'était pas un retard innocent, ni symbolique dans l'intention de manifester de l'autorité ni dû aux imprévus de la route. C'était un retard intentionnel et long. Sept jours. Durant ces sept journées, l'armée philistine s'était installée et avait pris position. Lors de cette attente décisive, la plaie de la désertion frappa le camp israélite. « On attendit sept jours, terme du rendez-vous donné par Samuel ; mais celui-ci n'étant pas venu à Ghilgal, le peuple commença à se disperser. » Il n'y avait pas encore de tradition militaire parmi le peuple. Le modèle de la période des juges était celui d'une armée *ad hoc* qui se dispersait à la fin de la guerre. Les soldats se regroupaient autour du personnage charismatique du juge et s'en retournaient chez eux au terme du combat. Après que ceux de Saül eurent vu que l'ennemi était tranquillement installé dans son camp, que la terreur au sein du peuple croissait et que le roi d'Israël ne savait que faire à cause de l'absence du prophète — ils prirent la fuite et se réfugièrent chez eux. Le responsable de cet effondrement moral était le prophète Samuel, l'homme qui en avait été la cause directe et cela volontairement. Après une semaine d'attente, la patience de Saül vint à bout. Il fit les sacrifices lui-même. Il lui était clair que c'était une provocation ouverte faite à l'autorité religieuse, mais à ce stade, le danger était moindre que celui que représentaient les Philistins. « Comme il achevait ce sacrifice, voici que Samuel arriva ! » Nul doute que le vieux prophète avait un sens dramatique développé. Il savait exactement quand entrer en scène. Cette étonnante concomitance témoigne non seulement d'une planification, mais aussi du fait qu'il se trouvait à proximité du camp, témoin de l'effondrement qu'il avait provoqué et de sa disposition à mettre le peuple en danger afin d'apparaître au moment propice pour mettre le roi à genoux. Dans un État normal, le roi aurait attrapé le prophète retardataire et l'aurait placé face à une escouade d'archers. Mais Israël n'est pas un État normal, Saül n'était pas un vrai roi et Samuel pas un simple prêtre. Il valait son pesant d'éminents religieux. « Qu'as-tu fait ? » voulut savoir le prophète courroucé. La réponse de Saül prouve qu'il craignait davantage Samuel que les Philistins. Au lieu de s'armer de courage et de remettre le prophète à sa place, il s'excuse faiblement : « Voyant que mon armée se débandait, que tu n'étais pas venu au jour fixé, que les Philistins s'étaient concentrés à Mikhmach, je me suis dit : les Philistins vont tomber sur moi à Ghilgal, et je n'ai pas encore imploré l'assistance du Seigneur... Alors j'ai pris sur moi d'offrir l'holocauste. » Ces excuses, quand bien même étaient-elles vraies et justifiées, ne répondaient pas à la situation. Là est la source de la faiblesse de Saül qui n'avait pas saisi ce qui se passait véritablement. Samuel avait compris que l'enjeu était la lutte entre lui et le roi. Pas Saül. Il n'avait pas vu qu'il ne s'agissait pas là d'une polémique sur les lois régissant les sacrifices mais un instant de vérité qui établirait lequel des deux allait régner — le roi ou le prêtre. Samuel avait agencé avec une grande ingéniosité l'enchaînement des événements qui avaient conduit à cet instant et il n'allait pas laisser ce moment favorable lui échapper. Les prétextes de Saül, si justes fussent-ils, ne s'interposeraient pas sur sa route pour l'empêcher d'atteindre son but. Samuel savait fort bien que les Philistins se tenaient prêts au combat, qu'une désertion massive avait entamé le moral du camp d'Israël et que lui-même avait tardé à venir. Mais cela ne l'avait pas empêché de vouloir punir sévèrement le roi pour avoir osé faire des sacrifices lui-même. Le plus grave étant la disposition de Samuel d'agir ainsi à un moment de grand danger pour le peuple. Samuel profite que la sécurité soit menacée pour servir ses intérêts religieux. Le prophète alors annonce au roi que sa royauté a fait long feu. « L'Éternel s'est choisi un homme selon son cœur et l'a institué chef de son peuple, parce que tu n'as pas respecté son commandement ! » Ce n'est pas l'unique fois que se produisit une confrontation entre un roi et un prêtre quant à l'offrande de sacrifices. D'après le livre des Chroniques, le roi Ouzzia fut frappé par la lèpre pour avoir brûlé de l'encens dans le sanctuaire en dépit de l'opposition des prêtres. David, pour sa part, offrit des holocaustes et des rémunératoires dans le pavillon qu'il avait dressé pour l'arche du Seigneur (II Samuel VI). Quant à Salomon, il procéda à la cérémonie d'inauguration du sanctuaire, y compris des sacrifices, sans que quiconque l'eût blâmé. Il semble que l'establishment religieux se soit méfié des rois forts comme David et Salomon, et l'on peut en déduire que la faute n'était pas si terrible ni impardonnable, mais un piège tendu par Samuel à Saül dans lequel il parvint à le précipiter. De là apparaît clairement que Salomon et David étaient des dirigeants capables de manifester leur force et de diriger leur pays. Mais que serait-il arrivé si quelqu'un comme le prophète Samuel s'était manifesté en leur temps. Nul doute qu'un roi comme David eût fait montre d'une posture différente de celle du roi Saül, confronté à l'establishment religieux. Après être arrivé à ses fins, Samuel ne se donne pas même la peine de rester avec l'armée israélite et de prendre part à la lutte contre les Philistins. Il monte jusqu'à Ghibea-de-Benjamin, laissant derrière lui une petite armée israélite apeurée et décimée par la désertion. Mais pis encore, il laisse derrière lui un chef militaire qui voit le monde s'écrouler sur lui, un homme qui doit partir au combat et qui paraît perdu d'avance alors qu'il tente de digérer les mauvaises nouvelles de l'ennemi qu'il vient d'apprendre. Le salut vient d'une source inattendue. Le roi d'Israël, consterné et déprimé, comme on peut l'imaginer, rassembla cependant ses troupes sur la colline sous un horizon peu amène. « Un jour, Jonathan, fils de Saül, dit au serviteur qui portait ses armes : "Viens, nous allons attaquer le poste des Philistins qui est là, de l'autre côté" ; mais il n'en dit rien à son père. » Jonathan et son serviteur envahirent le camp des Philistins. Forts de leur foi en Dieu, ils s'infiltrèrent dans le camp et lui infligèrent une lourde défaite. Ce fut la confusion, chacun portant la main sur son camarade. L'armée israélite les rejoignit alors et très vite ce fut la défaite des Philistins. Les fils d'Israël tapis et couards reprirent courage et se joignirent à eux. Les Philistins furent défaits et la victoire fut totale. Le narrateur biblique ne dissimule pas ce qui s'est passé. La victoire d'Israël fut obtenue par l'aide de Dieu : ce fut un signe reçu par Jonathan de son Dieu sans que la médiation de Samuel fût nécessaire. Nous voyons que l'establishment religieux ne représente pas nécessairement la volonté divine. L'establishment religieux représente d'abord lui-même. C'est dans ce contexte qu'il faut comprendre la lutte de Samuel contre Saül. Le prophète Samuel qui avait été élevé et qui avait grandi parmi les prêtres depuis sa plus tendre enfance était le plus sérieux espoir pour l'établissement d'un régime religieux en Israël. Personne ne mit jamais en doute ses compétences religieuses. Néanmoins, son intégrité et sa capacité furent assombris par son extrémisme et son appétence du pouvoir. Ces caractéristiques qui aujourd'hui ne sont pas rares non plus au sein de l'establishment religieux eurent un rôle décisif dans son échec de fonder en Israël un pouvoir sacerdotal. À cela s'adjoignirent les sains instincts politiques du peuple grâce auxquels, finalement, émergea la royauté, signe de la volonté du peuple qui l'emporta sur la coercition religieuse.

CHAPITRE 7

Il y avait dans le pays d'Ouç un homme

« Nu je suis sorti du sein de ma mère, et nu j'y rentrerai. L'Éternel avait donné, l'Éternel a repris, que le nom de l'Éternel soit béni ! En dépit de tout, Job ne faillit point et n'imputa pas d'injustice à Dieu. »

Job I, 21-22.

La loi de la rétribution, sous sa forme la plus fondamentale, promet richesse et bonheur aux probes et aux croyants mais un châtiment sévère aux renégats et aux méchants. De naïfs versets du style « le Juste fleurit comme le palmier » sont disséminés ici et là dans la Bible, provoquant déjà semble-t-il quelque ricanement de compassion indulgente de la part des lecteurs d'autrefois. Comme chacun sait, dans la réalité et statistiquement, ces promesses s'apparentent à des chèques en bois. Bien des cas de méchants triomphants et de justes accablés se rencontrent dans une proportion inquiétante non seulement de nos jours, mais aussi à travers les pages de la Bible. Déjà, le prophète Jérémie criait de dépit :

« Pourquoi la voie des méchants est-elle prospère ? » et il savait précisément de quoi il parlait. Ce dilemme ne s'achève pas sur le plan philosophique et a de claires répercussions religieuses à l'origine de fameuses disputes. Aussi les sages des différentes religions ont-ils habilement manœuvré pour s'acquitter du paiement des chèques promis dans l'autre monde. Ainsi furent créées les charmantes histoires sur la géhenne et le jardin d'Éden, les réincarnations multiples et variées, les festins de buffle et autres steaks de baleine. Cet atermoiement fait que le juste pâtit de sa souffrance, le méchant méprise les lois, et ce qui est le plus important — il autorise l'establishment religieux à préserver un niveau honorable de recettes de la communauté des croyants, ces derniers ayant consenti à payer d'avance dans ce monde la marchandise qui ne leur sera livrée que dans celui à venir. Au-delà de son caractère habile, cette méthode témoigne de l'énorme tracas suscité par l'iniquité qui règne par le monde pour chaque croyant. Cela apparaît de la plus incisive et bouleversante façon dans le livre de Job qui, pour son malheur, devint l'archétype du juste qui souffre.

Paris célestes

Job, du pays d'Ouç, était « intègre et droit, craignant Dieu et évitant le mal ». Le lecteur intéressé trouvera dans le premier chapitre de son livre maints détails sur son immense richesse, ses affaires et sa famille. Un beau jour, sans raison apparente ou avertissement préalable, se produisit une terrible catastrophe.

Les chameaux et les bœufs de Job furent enlevés. Ses troupeaux et son petit bétail, exterminés par le feu tombé du ciel. Ses fils et filles périrent sous l'effondrement de leur maison. Job, abattu, déchira ses vêtements et prit le deuil, mais fidèle à son image de sage, il ne maudit pas son Dieu. Là ne s'arrêtèrent pas ses malheurs, car son propre corps fut à son tour atteint, frappé « d'une lèpre maligne depuis la plante des pieds jusqu'au sommet de la tête ». Job s'assit dans la cendre, gratta son corps supplicié à l'aide d'un tesson, « et en dépit de tout, [...] ne pécha pas avec ses lèvres » ni ne blasphéma le nom de son Dieu. L'on peut supposer que sa ruine provoqua une grande stupeur parmi ses proches autant qu'à lui. Personne ne savait la raison du malheur du juste, bien que soit offerte au lecteur la possibilité de comprendre ce que Job ignorait. Nous est ici donnée la rare occasion de tourner le regard vers le gouvernement céleste et de suivre le processus décisionnaire à son égard. Ainsi sommes-nous informés, et nous seuls, de la raison pour laquelle cet homme fut affligé de tant de maux — anéantissement, maladie et perte de ses enfants. Pour son plus grand malheur il s'avère que Job fut l'objet d'un pari. Dieu avait attiré l'attention de Satan, qui en ce temps-là était membre des hautes sphères célestes, sur les admirables vertus de son serviteur Job. Satan ne s'en émut point et émit même quelques doutes au sujet du célèbre juste. Il prétendit qu'il fallait éprouver l'homme en des temps difficiles et non pas seulement en période d'opulence et de bien-être. Dieu acquiesça au défi et le laissa s'en prendre à Job par tous les moyens, au gré de sa fantaisie, sans toutefois attenter à son existence. Job ignorait qu'il s'était mué en lapin de laboratoire de Dieu et il était loin de supposer que Celui en lequel il croyait était devenu un fieffé sadique heureux d'arracher les pattes des mouches pour observer leurs souffrances. Il nous faut remarquer que ce n'est pas la première fois que le Saint béni soit-Il s'adonnait à de telles expériences. La dernière fois qu'il avait été saisi d'une telle ferveur scientifique, il avait envoyé Isaac et Abraham au fameux sacrifice. Or depuis cette célèbre histoire, Dieu s'était mué en chercheur bien plus audacieux et plus déterminé. Dans l'affaire du sacrifice avaient été examinées les réactions d'Abraham à l'approche du drame qui finalement n'eut pas lieu. Dans le cas qui nous occupe, Job est observé après que le malheur s'est produit. Abraham cependant était néanmoins conscient de l'épreuve ; un effroi terrible et une profonde détresse l'accablaient tandis qu'il conduisait son fils au mont Moria, mais dans le cas de Job, la méthodologie connut une nette amélioration : tous les enfants de l'éprouvé avaient déjà été sacrifiés. Privé de ses enfants, malade et misérable, Job était assis avec à ses côtés trois de ses amis venus le consoler. Ses camarades avaient une explication à son masque de douleur dont ils firent part à leur ami tourmenté. La majeure partie du livre de Job est consacrée à la conversation profonde qui se déroula entre les trois amis. Ceux-là, fidèles au principe de la classique loi de la rétribution, affirment à plusieurs reprises qu'il est impossible qu'un homme soit châtié sans raison. Ils proposèrent à Job d'examiner scrupuleusement sa conduite afin de découvrir la raison de tous ses malheurs. L'un d'eux, Bildad de Chouha, justifie ainsi la mort de ses fils : « Si tes fils lui ont manqué, il les aura laissés succomber sous le poids de leur faute », et devant Job qui persiste à clamer son innocence, Bildad affirme avec ironie : « Si tu es innocent et droit, ah ! Certes, sa bonté s'éveillera en ta faveur. » Jamais la conversation n'est tranchée, et peu à peu on acquiert le sentiment qu'il n'y a guère d'espoir qu'elle s'achève. Chacune des parties campe sur sa position, mais en réalité c'est davantage par ignorance de la situation que pour des divergences éthiques que Job et ses camarades tournent en rond comme des aveugles dans le noir. Seul quelqu'un d'extérieur, qui eût connu la vérité quant au pari conclu avec le Satan, eût pu établir qui avait raison. Les lecteurs, pour leur plus grande tristesse et frustration, ne pouvant prendre une part active dans cette intrigue, cette éventualité reste aux seules mains de Dieu comme l'illustre en effet le chapitre XXXVIII lorsque, la polémique entre Job et ses amis s'éternisant et s'enfonçant dans l'ennui, il se lance dans un long et célèbre discours : « La réponse de Dieu de la tempête. »

Dieu hors sujet

La révélation divine est un moment impressionnant et dramatique, et il est dommage que l'on ne puisse en dire autant quant au contenu de ses propos. Dieu stigmatise Job qui « dénigre les desseins de Dieu par des discours dépourvus de sens ». Ironiquement il lui demande : « Où étais-tu lorsque je fondais la terre ? Dis-le si tu en as quelque connaissance. » Il se lance dans une série de reproches selon lesquels il n'a pas la moindre idée des secrets de la création, des mystères de l'univers et de ses dimensions. Dieu s'empresse de faire passer à son misérable serviteur un examen oral : Job connaît-il seulement des choses fondamentales comme le temps de mise bas des chamois en montagne. « Qui engendra les gouttes de la rosée ? » demande doctement le Saint béni soit-Il à Job sermonné, pointant encore d'autres lacunes dans les connaissances du juste : « Quel chemin mène à la demeure de la lumière, et où est l'habitation des ténèbres ? » Dieu lui rappelle encore qu'il n'est point dans son pouvoir de dompter les buffles ou d'ordonner aux aigles et vautours leur trajectoire dans le ciel. On peut supposer que Job un instant hébété en ait oublié les horribles démangeaisons de sa lèpre. Malgré le déluge d'inepties déversé sur lui, il savait par son amère expérience qu'avec Dieu mieux valait ne pas trop faire le malin. Brièvement, il rétorqua : « Hé quoi ! Je suis trop peu de chose : que te répliquerai-je ? Je mets ma main sur ma bouche. J'ai parlé une fois... Je ne prendrai plus la parole ; deux fois... Je ne dirai plus rien. » Job, souhaitant s'éviter d'autres malheurs choisit de se taire, mais Dieu, loin d'être satisfait par l'examen surprise auquel il l'a jusqu'à présent soumis, décide de poursuivre sur le même ton. Il s'avise alors de décrire devant Job le Béhémot, sorte d'effrayant monstre des fleuves dont « la force est dans les reins, la vigueur [...] dans les muscles de son ventre [...]. Ses os sont des tuyaux d'airain, ses vertèbres des barres de fer ». Dieu n'oublie pas de fournir quelques croustillants détails sur la queue ferme du Béhémot devant Job qui semble apparemment trouver quelque consolation apprenant que ce fort membre est « comme un cèdre » ; information qui lui fait oublier l'immense peine causée par la mort de ses fils. Puis Dieu, avec un grand talent littéraire, décrit le Léviathan dont « les éternuements font jaillir la lumière, les yeux sont comme les paupières de l'aurore. De sa bouche partent des flammes, s'échappent des étincelles de feu. De ses naseaux sort la fumée », avec maints détails édifiants qui bien sûr ne peuvent qu'aider Job à comprendre sa situation. Le cours accéléré de biologie marine, les dates de conception des mammifères du désert, l'ornithologie fondamentale et quelques versets quant aux secrets de la création ne constituent pas une réponse pour lui. Ils sont même susceptibles d'être une calamité supplémentaire dans le fil des catastrophes qui l'ont accablé dans sa maison. Malgré tout le respect qui s'impose, c'est une piètre réponse hors sujet. Outre son manque de pertinence, il semble vraiment que Dieu enfonce une porte ouverte. Jamais Job ne s'est enorgueilli de pouvoir seulement appréhender les secrets de l'univers et de la création. Il n'a jamais prétendu qu'il avait des forces particulières au-delà de celles dont un être humain normal est doté. En outre, Dieu revient sur les idées que Job et ses camarades ont déjà exprimées tout au long du livre. Job lui-même s'est largement étendu sur la description du pouvoir et de la bravoure de Dieu qui a créé les forces de la nature et qui les domine : « Il donne un ordre au soleil et le soleil ne paraît point; il met un sceau sur les étoiles. À lui seul, il déploie les cieux, il chemine sur la crête des vagues. Il a fait la Grande Ourse, l'Orion, les Pléiades et les demeures sidérales du Midi. Il accomplit des merveilles sans fin, des prodiges qui ne se peuvent compter. » Dieu, quant à lui, se laisse emporter dans la description de sa sagesse à l'origine de ses entreprises, mais là aussi, Job l'avait précédé : « Car ses regards portent jusqu'aux confins de la terre ; tout ce qui est sous les cieux il le voit. Lorsqu'il donna au vent son équilibre et détermina la mesure des eaux, lorsqu'il traça sa loi à la pluie et sa voie à l'éclair sonore. » Job, ainsi, n'a pas besoin d'une réponse divine du genre de celle qu'il reçut. Jamais il ne mit en doute la grandeur du créateur, sa force et son intelligence. Job réclame une réponse sur un sujet concret que l'on ne saurait éluder : « Quelle est ma faute ? » Il crie des profondeurs de ses tourments : « Combien ai-je de péchés et de forfaits à mon compte ? Fais-moi connaître mes fautes et mes erreurs. Pourquoi dérobes-tu ta face et me prends-tu pour un ennemi ? » Ce verset nous amène à l'une des explications qui tentent de trouver quelque justification dans la réponse de Dieu. Cette explication prétend que le fait que Dieu parle à Job constitue par là même une réponse à sa souffrance. Job se sentait coupé de son Dieu. Aussi demande-t-il : « Pourquoi dérobes-tu ta face ? » Désormais, après la réponse de Dieu, il peut dire : « Je ne te connaissais que par ouï-dire ; mais maintenant je t'ai vu de mes propres yeux », autrement dit, tout va très bien, merci beaucoup.

Certes, à maintes reprises, Job a exprimé une certaine déréliction et un sentiment de rupture avec son créateur. Il se plaint de ce que son Dieu l'ait abandonné et se soit même mué en ennemi. Il dit de lui : « Car il m'accable sous un vent de tempête et multiplie gratuitement mes blessures. Il ne me permet pas de reprendre haleine tant il m'abreuve d'amertumes. » Mais aussi : « Je crie vers toi, et tu ne me réponds pas; je me tiens là, et tu me regardes fixement. Tu es devenu inexorable pour moi, tu me combats avec toute la force de ta main. » Peu de gens ayant pu jouir de la révélation divine, l'on peut prétendre que celle-ci apparaît d'elle-même comme une réponse offerte à Job. En effet, réside en elle une sorte de renouvellement du lien entre lui et son créateur. Cette idée eût pu constituer une explication convenable si la révélation avait été au cœur du sujet, si les propos de l'Éternel avaient été plus concis et plus pragmatiques, accompagnés de l'habituel feu d'artifice inhérent à l'événement. Mais la réponse de Dieu s'étend sur plusieurs chapitres. Elle est plus détaillée et réclame que l'on considère son contenu. Celui-ci, comme on l'a dit, n'est pas des plus impressionnants et ne saurait suffire.

Une autre possibilité est que Dieu ait exagéré la description de sa force et de sa grandeur en regard de l'impuissance de l'homme. Il décrit ainsi la mesure de sa sagesse que l'esprit de l'homme est incapable de saisir pour expliquer à Job qu'il ne revient pas à l'homme de chercher une conduite morale en un lieu où elle n'existe pas. Dieu essaie de le convaincre qu'il n'agit pas selon la morale des hommes et leur entendement. Aussi Job ne peut-il lui opposer d'arguments fondés sur des valeurs humaines. Si les hommes ont décidé que Dieu devait agir selon leurs propres valeurs, c'est leur affaire, mais cela ne saurait le contraindre par quelque moyen que ce soit. Dieu agit selon des processus et des objectifs intelligibles à lui seul.

À cet argument intéressant l'on peut néanmoins opposer une contradiction dans le livre de Job. C'est bien Dieu en personne qui a présenté ce dernier comme un homme « intègre et droit, craignant Dieu et évitant le mal », mais à partir de là ont commencé à s'abattre tous ses malheurs. Si Dieu avait jugé Job selon ces canons de moralité humaine, il ne pouvait à présent les renier. Quelle est donc la réponse apportée à Job ? Il faut avoir à l'esprit que cette question recèle deux problèmes. Le livre de Job suscite un problème éthique dans lequel chaque croyant est susceptible de se débattre. Le livre tout entier provient de cet embarras — chaque homme avec sa foi vivra et lira la Bible. Mais Job n'est pas seulement un symbole. Job est aussi un homme, un homme qui a perdu ses fils et ses filles, un homme qui a vu son monde s'effondrer, en piteuse santé et accusé de fautes qu'il n'a pas commises. De même à l'homme il revient une réponse, et pas seulement au problème qu'il représente. Même à Job qui a perdu ses enfants, qui crie et qui pleure, qui se gratte avec un tesson et défend son innocence avec ce qui lui reste de forces et d'abnégation — une réponse est due. Nous, lecteurs du livre, la connaissons, mais Dieu la lui dissimule. La réponse est simple, tout ce que Dieu a à faire est de révéler à Job l'existence du pari avec Satan, ce pari horrible qui l'a transformé en victime de ses cruelles expériences.

Jamais Job ne connaîtra la véritable solution au secret de sa souffrance et de son supplice. Le lecteur meurt d'envie de crier, de sauter, d'agiter les mains et d'attirer son attention sur le fait que l'on se joue de lui. Cependant le lecteur est impuissant et, face à ses yeux consternés, Dieu choisit la voie éprouvée de la non-révélation. Une voie que de nombreux gouvernants ont adoptée pour eux-mêmes et avec succès. Il est fort possible de la comprendre. Si la vérité avait été révélée à Job et s'il avait su que toute sa souffrance était arrivée à cause de ce pari avec Satan, alors il n'eût pas seulement ouvert la bouche pour maudire le jour de sa naissance mais aussi son Dieu, lequel n'apprécie pas — loin s'en faut — ni n'a l'habitude de perdre des paris. En revanche, Dieu avait oublié que nous, lecteurs, savons la vérité, et qu'il est impossible de nous vendre d'aussi médiocres réponses telles que celles entendues par Job dans la tempête. Nous aussi revendiquons une explication et force est de constater ici que nous n'en recevons aucune.

La fin du livre de Job a pour but de calmer apparemment le lecteur inquiet. Dieu attaque les trois amis : « Vous n'avez point parlé de moi avec rectitude comme mon serviteur Job. » Par cette formulation détournée, il nous faut comprendre que Job a été lavé des fautes qui se sont abattues sur lui. En revanche, Dieu fait montre d'une rare largesse en matière de dédommagements matériels : « Et l'Éternel bénit la fin [de la vie] de Job plus encore que ses débuts : cent quatorze mille brebis, six mille chameaux, mille paires de bœufs et mille ânesses. Et il eut sept fils et trois filles. » Il s'avère que toute cette affaire en valait la chandelle. De nouveaux chameaux, de nouveaux bœufs, de nouvelles ânesses, de nouveaux fils, de nouvelles brebis, de nouvelles filles — tous énumérés dans une même liste et dans un même souffle, suscitant un malaise chez le lecteur qui soudain saisit : tout cela pour se consoler autant de la mort de ses fils que de la perte de ses chameaux et de ses ânesses !

« Job n'a jamais existé, ce n'était qu'une parabole », dirent nos Sages à propos de Job. D'aucuns prétendirent qu'il exista en effet mais que ses tourments « ne furent pas et que si l'on écrivit à leur sujet ce n'était que pour signifier que, s'ils s'étaient abattus sur lui, il aurait pu y faire face ». L'auteur de ces lignes ressentit également au fond de lui un fort mécontentement à l'égard du livre de Job. C'est un intéressant système pour se confronter à l'injustice que celui du démenti total. Il se peut que les Sages aient cru que la réponse de Dieu de la tempête était les paroles d'un Dieu vivant. Au lecteur croyant, guère d'autre choix que de se contenter de cette piètre réponse. Nous qui pensons qu'elle fut rédigée par un simple mortel recommandons ici vivement au créateur du monde de s'aviser la prochaine fois de trouver de meilleurs nègres pour ses discours que ceux qui s'y sont ici exercés avec aussi peu de talent.

CHAPITRE 8

L'avènement du buisson d'épines

« Jotham, instruit du fait, alla se placer sur le sommet du mont Garizim et, élevant la voix, les interpella ainsi : "Écoutez-moi, bourgeois de Sichem, et Dieu aussi vous écoutera ! Un jour les arbres se mirent en campagne pour se donner un roi." »

Juges IX, 7-8.

Un florilège, d'abord, de petites phrases, que même la Bible n'oserait pas revendiquer :

— Mon principal atout est ma capacité à prendre des décisions.

— Déjà au collège j'avais décidé de devenir ministre.

— Certains pensent que ce serait criminel de ne pas me confier un portefeuille ministériel au gouvernement.

— J'excelle autant dans la planification que dans l'action.

— J'ai l'immense avantage d'être une femme.

— Je suis un chêne enraciné dans la patrie.

Tous ces « versets » pleins de sagesse — et la liste n'est pas close —, je les ai collectés de la bouche d'individus mêlés aux affaires qui se considèrent aptes à une fonction ministérielle dans le gouvernement israélien, chacun brûlant d'envie d'être retenus. Si j'en avais eu le talent, j'aurais en leur honneur composé la parabole de Jotham. Mais celle-ci figure déjà dans la Bible et je ne saurais mieux faire. Aussi me voilà à nouveau à compulser le livre des Juges et à observer Gédéon, Abimélec, Jotham et le buisson d'épines.

En temps de paix, nos ancêtres pressuraient le raisin dans un pressoir et foulaient le blé dans une aire. N'ayant d'autre choix, Gédéon fils de Joas, jeune homme d'Ofra, dut changer d'endroit pour aller battre le froment à l'abri des regards. Cela faisait sept ans que les Madianites avaient envahi le pays, qu'ils pillaient les récoltes et le bétail et qu'ils se comportaient comme s'ils étaient chez eux. Par crainte des tribus de ces envahisseurs, les Israélites « utilisèrent les creux des montagnes, les souterrains et les châteaux forts » afin d'y cacher les récoltes des champs et des vignes ; la situation était intenable, mais les enfants ingrats d'Israël se souvinrent de leur Dieu et se tournèrent vers lui. Il n'y avait pas encore de partis religieux à cette époque, aussi Dieu dépêcha-t-il un ange auprès de Gédéon pour aller le chercher de derrière sa charrue et l'investir chef afin de sauver le peuple. L'ange tint à Gédéon des propos explicites : « Va avec ce courage qui t'anime ! » Mais Gédéon ne sembla pas s'émouvoir de cette nomination *hic et nunc* et, au lieu d'invoquer « Dieu qui pour le pouvoir nous a choisis », il réagit avec la plus grande modestie. « Par quel moyen sauverais-je Israël ? s'étonnat-il, ma famille est la moindre en Manassé, et moi je suis le plus jeune de la maison de mon père ! » Il ne parut guère plus impressionné par la proposition d'aide active à la guerre de la part du représentant de Dieu. « Si j'ai trouvé faveur à tes yeux, dit-il dubitatif, tu me prouveras par un signe que c'est toi-même qui me parles. » Autrement dit, il réclamait de celui qui se présentait comme l'ange de Dieu qu'il s'identifie devant lui, ni plus ni moins. Ce dernier fut alors contraint de faire jaillir du feu d'un rocher et d'exécuter d'autres tours de passe-passe du même genre. Dès lors que Gédéon fut convaincu, il prit la tâche en main, et le garçon hésitant et soupçonneux d'Ofra se mua en stratège original et audacieux. Les sacrifices nocturnes — application du principe de surprise —, la poursuite des Madianites devinrent des faits d'armes exemplaires. Qui a oublié aujourd'hui l'épopée de ces trois cents hommes choisis par Gédéon en train de laper dans la source d'En-Harod, et l'admiration sans bornes que vouait Ord Wingate au jeune paysan de la tribu de Manassé pour ses capacités militaires.

Je ne vous gouvernerai point

L'imposante victoire de Gédéon sur les Madianites aboutit à cette séduisante proposition émise par les enfants d'Israël : « Gouverne-nous, toi, puis ton fils, puis ton petit-fils, puisque tu nous as sauvés de la puissance de Madian. » Exemple typique de l'avènement d'une dynastie, fait somme toute exceptionnel à l'époque des Juges. Le juge apparaissait comme un héros ou un dirigeant qui « prenait le commandement » confronté à un certain problème de sécurité. Il venait sauver le peuple, le dirigeait quelque temps, avant de s'éteindre sans laisser derrière lui d'héritier. C'était un personnage charismatique au pouvoir temporaire. Dans ce contexte, il est pourtant clair que les enfants d'Israël souhaitaient davantage et réclamaient la royauté. Le bon et vieux Gédéon fuyant devant le pouvoir répond par la négative : « Ni moi ni mon fils ne vous gouvernerons : Dieu seul doit régner sur vous. » Apparemment, le glorieux chef militaire voulait se retirer chez lui pour élever ses soixante-dix enfants et écrire ses mémoires. Mais la réalité, semble-t-il, fut tout autre. Gédéon continua en effet de gouverner le peuple. Il instaura un centre cultuel dans sa ville d'Ofra et se soucia de ce que les Madianites « ne relèvent plus la tête ». La Bible nous apprend aussi « qu'il avait plusieurs femmes ». Comment ne pas se souvenir de ce que le Deutéronome énonce sur la royauté : « C'est un de tes frères que tu dois désigner pour ton roi [...]. Il ne doit pas non plus avoir beaucoup de femmes. » Le soupçon qui surgit quant à la réalité du refus de Gédéon se renforce encore avec ce verset : « Après la mort de Gédéon [...] (les Israélites) oublièrent ainsi l'Éternel, leur Dieu [...]. Ils n'agirent pas non plus avec bienveillance envers la famille de Jérubbaal-Gédéon, pour tout le bien qu'il avait fait à Israël. » Autrement dit, le verset susmentionné « je ne vous gouvernerai point », etc., est tout à fait louable. Mais l'on peut fort bien supposer qu'il fut écrit de la main d'un rédacteur dont les opinions réfutaient tout gouvernant de chair et de sang sur Israël et dont le salaire était financé par une caisse religieuse antiroyaliste. En réalité, Gédéon ne refusa pas la proposition, il continua d'administrer le peuple même sans avoir été officiellement intronisé et il prit la tête dans la ville du pouvoir religieux. Mais les années passant, et après la mort du juge, les enfants d'Israël ne voulurent plus pérenniser cette dynastie et « n'agirent pas avec bienveillance envers la famille de Gédéon ». De manière paradoxale, ce fut le moment propice pour Abimélec, le fils qu'il eut avec sa concubine de Sichem. Le soleil se leva sur l'avènement du buisson d'épines.

La guerre de succession

À Sichem vivait la famille maternelle d'Abimélec. Cette ville était la source de sa force et la base arrière de la genèse de sa carrière politique. Sa carrière fut entachée de sang, ternie par les intrigues et les trahisons. Abimélec avait compris que la mort de son père l'obligeait à agir rapidement. Il se rendit auprès de ses proches à Sichem et leur demanda de transmettre aux propriétaires de la ville le message suivant : « Lequel vaut mieux pour vous, être gouvernés par soixante-dix hommes, par tous les fils de Jérubbaal [Gédéon], ou d'être gouvernés par un seul homme ? Et souvenez-vous que je suis de votre sang et de votre chair. » Les notables de Sichem comprenant la lourde allusion décidèrent de financer Abimélec. Il ne s'agissait pas du financement d'une campagne électorale mais d'une campagne autrement plus meurtrière. Le jeune ambitieux loua avec cet argent les services de vauriens. « Il s'en fut à Ofra, dans la maison de son père, et massacra ses frères, les soixante-dix de Jérubbaal, sur une même pierre. »

La guerre de succession s'acheva ainsi précipitamment. Abimélec liquida les différents prétendants à la couronne, et fut intronisé officiellement par les habitants de Sichem et ceux de la ville voisine, Millo. Il régna trois ans sur Israël. La Bible ne livre aucun détail quant à ses capacités de dirigeant, mais souligne qu'un esprit malfaisant vint s'immiscer dans son alliance avec les gens de Sichem. Ceux-ci, apparemment, espéraient quelques privilèges de la part du roi pour l'avoir au début soutenu et en vertu de leur affinité familiale. N'ayant rien obtenu, ils le combattirent. Le lecteur intéressé pourra lire la piteuse fin du premier roi dans Juges IX; quant à nous, penchons-nous sur celui qui survécut au massacre perpétré par son frère Abimélec. Jotham, fils de Jérubbaal, le frère cadet, était parvenu à se cacher et avait eu la vie sauve. Poursuivi, terrorisé et seul, Jotham trouva la force de déclamer la célèbre parabole devant son assassin de frère et ses suppôts de Sichem. Au sommet du mont Garizim, Jotham s'exprima ainsi : « Un jour, les arbres se mirent en campagne pour se donner un roi. » Les arbres s'adressèrent à l'olivier, au figuier et à la vigne pour leur proposer, à tour de rôle, le pouvoir. Néanmoins, ces arbres fruitiers déclinèrent l'offre. Aussi les arbres se tournèrent-ils vers le buisson d'épines, arbre inutile et stérile (une ronce selon l'exégèse traditionnelle) — lequel sauta sur la proposition. « Si c'est de bonne foi que vous m'élisez pour votre roi, commence le buisson d'épines, venez vous abriter sous mon ombre. Sinon, qu'un feu sorte du buisson et dévore les cèdres du Liban ! » Là se termine la parabole de Jotham. L'allégorie était claire et actuelle. Jotham comparait Abimélec à un buisson d'épines, et son père et sa maison aux arbres fruitiers qui avaient refusé de régner. Il prophétisait une fin amère à la suspecte alliance scellée entre Abimélec et les bourgeois de Sichem ; prophétie qui se vérifia quelque temps plus tard lorsque Abimélec mit le feu à la ville de Sichem. Puis Jotham prit ses jambes à son cou et s'enfuit à Beêr, « où il s'établit pour échapper à son frère Abimélec ».

Les arbres se mirent en campagne

Telle était l'immédiate leçon de la parabole de Jotham, particulièrement parlante pour ses contemporains. Mais, parabole politique, les propos de Jotham sont tout aussi percutants face aux situations politiques de notre temps. Revenons aux réponses des arbres fruitiers et à leur refus du pouvoir : « Quoi ! Je renoncerais à ma douceur et à ma production exquise pour me fatiguer à gouverner les arbres ? » Telle est la réponse ironique du figuier à une proposition sur laquelle aujourd'hui sauteraient des milliers de buissons d'épines. « Quoi ! Je renoncerais à mon suc que Dieu et les hommes prisent en moi pour aller me fatiguer à gouverner les arbres ? » L'olivier affichait le même ton. Et c'est en usant d'une formule similaire que répondait aussi la vigne. Les trois arbres en question sont des arbres producteurs parfaitement conscients de leur valeur comme de leur contribution à la société. Il n'y a dans leurs propos pas la moindre arrogance. Sûrs d'eux, chacun rejette la possibilité de dominer le peuple et se défausse par cette expression dédaigneuse : « pour me fatiguer à gouverner les arbres ». C'est ainsi, par le mépris, que les arbres fruitiers accueillent cette proposition d'interrompre leur activité habituelle au profit de la politique. Ce n'est pas sans raison que Jotham désigne la vigne, l'olivier et le figuier comme les arbres fruitiers auxquels s'adressent les autres arbres. Ce n'est pas incidemment qu'il souligne le refus de ces trois-là, lesquels jouissent dans la Bible d'une claire relation d'amour, d'estime et même d'admiration. Ce trio apparaît toujours dans un contexte positif comme un symbole de fertilité, de valeur et de respect. Demeurer « chacun sous sa vigne et sous son figuier » caractérise une vie clémente et agréable.

L'olivier sert de métaphore incontestable : « Olivier verdoyant, remarquable par la beauté de son fruit » (Jérémie). « Ses rejetons s'étendront au loin; il aura la beauté de l'olivier » (Osée). À côté de la vigne, on le retrouve dans les Psaumes : « Ta femme sera comme une vigne féconde dans l'intérieur de ta maison, tes fils, comme des plants d'olivier autour de ta table. » Dans les Proverbes : « Qui veille sur le figuier jouira de ses fruits. » On retrouve aussi ces trois arbres dans les histoires anciennes, mystérieuses, de la Genèse. La feuille de figuier fut le premier vêtement de l'homme; la colombe rapporta une feuille d'olivier dans son bec; et Noé planta une vigne quand il sortit de l'arche. L'olivier donna une huile pour la consommation, la beauté et le culte. Le figuier produisit de doux fruits : « Comme d'un primeur avant l'été, lequel, à peine aperçu, à peine dans la main, est déjà dévoré. » Quant à la vigne, le vin saura bien sûr réjouir le cœur de l'homme. En faisant référence à ces canons botaniques dans sa parabole, Jotham signifie, de fait, une chose claire — l'affairisme politique est une activité stérile. Qui donne son fruit apporte sa contribution à la société et à l'homme et procure des choses sans commune mesure avec celui qui s'adonne à la carrière politique. Cette vile activité n'est digne que des arbres stériles.

La prolifération du buisson d'épines

Les histoires de Gédéon, d'Abimélec et de Jotham sont tendancieuses. L'opposition à l'idée de la royauté perce entre les lignes de façon flagrante. Ce que le prophète Samuel avait déclaré au peuple, qui lui réclamait un roi — « Comprenez alors et voyez combien vous avez mal agi aux yeux du Seigneur en demandant un roi » —, revient par le truchement d'une parabole. Les refus littéraires de Gédéon de régner, le désir mortifère du pouvoir et le piteux destin d'Abimélec, le mépris des arbres fruitiers devant l'offre de la royauté, avec en face l'avidité du méchant et misérable buisson d'épines pour le trône — tout cela délivre une idée claire. Dieu est le roi du peuple, et quiconque embrasse une carrière politique apparaît sans valeur et indigne dans les autres domaines de l'existence.

Derrière cette perception bien sûr exagérée, pour ne pas dire excessive, se dissimulent des motifs religieux. Mais aujourd'hui qui lit la parabole de Jotham et regarde autour de lui ne peut se libérer du sentiment que la prolifération des buissons épineux touche largement notre pays. Cela est visible à l'œil nu. Dans la Bible, n'est fait aucune autre référence au buisson d'épines ailleurs que dans la parabole de Jotham, ce qui ne l'empêche pas de prospérer aujourd'hui dans toute la sphère de la vie politique. Nos arbres fruitiers, vignes, oliviers et figuiers, s'épanouissent en d'autres territoires. Quelques faits déplorables ont montré quel était le destin de vignes qui se sont laissé appâter par des propositions politiques. La cour de récréation appartient aujourd'hui entièrement aux buissons d'épines. Ceux-ci n'ont rien à proposer, excepté une stupéfiante capacité de survie face au feu qu'ils attisent, et une soif de pouvoir sans bornes. Le petit buisson d'épines de Jotham serait bien surpris de voir ceux qui lui ont succédé. Il était tranquille jusqu'à ce que les arbres vinssent à lui pour lui offrir la royauté. Ce n'est qu'alors qu'il leva le masque. De nos jours, les buissons d'épines n'ont pas cette même patience !

CHAPITRE 9

L'opposition engloutie

> « La terre ouvrit son sein et les dévora, eux et leurs maisons, et tous les gens de Coré, et tous leurs biens. »
>
> Nombres XVI, 32.

Imaginez le spectacle : une motion de censure débattue au Parlement pour sanctionner le gouvernement. Dans un vigoureux réquisitoire, le leader de l'opposition se lance dans une violente diatribe. Pour répondre à ses contempteurs, le Premier ministre monte au perchoir. Après s'être raclé la gorge, il prend la parole : « Monsieur le président, chère assemblée, éloignez-vous, je vous prie des bancs de l'opposition afin que personne ne soit blessé ! » Une rumeur de railleries et de ricanements s'élève du public. Les journalistes s'empressent de relever la dernière perle du Premier ministre, apparemment aujourd'hui très en verve. Mais soudain un fort grincement qui ne prédit rien qui vaille se fait entendre et une fissure s'ouvre dans le sol de l'Assemblée. S'enchaîne la panique. Les parlementaires bondissent de tous côtés. Des cris fusent parmi le public tétanisé couvrant la voix aiguë du président qui tente de rétablir l'ordre. Mais tout se termine très vite. Le groupe de l'opposition — membres, secrétaires, porte-parole et consultants — est englouti dans les entrailles de la terre. Seuls les pas lents du Premier ministre en train de regagner sa place rompent le silence qui règne sous les regards ahuris des bancs de l'Agoudat Israël. Il n'est pas dans mon intention de comparer ces parlementaires à Coré, à Dathan ou à Abiram. Pas plus que je n'oserais bien sûr comparer Moïse au Premier ministre. Mais j'invite quiconque aimerait en savoir plus à aller consulter le chapitre XVI du livre des Nombres pour comprendre le traitement qui était réservé à l'opposition en ces temps bénis.

La milice des lévites

Dans la Aggadah, Moïse apparaît comme celui qui a été choisi pour diriger le peuple en raison de l'immense compassion dont il fit preuve dans le soin de son troupeau lorsqu'il était berger à Madian. « Tu as de la pitié pour mener le troupeau des hommes ; aussi dirigeras-tu les troupeaux d'Israël. » Ainsi s'adressa le Saint béni soit-Il à Moïse. Une étude approfondie du règne de Moïse révélera que ce n'est pas en vain que ce grand homme fut considéré comme l'un des grands chefs qui émergèrent parmi le peuple d'Israël, même si cette réputation ne fut pas précisément acquise en vertu de sa grande miséricorde. Ce n'est pas là, en effet, sa principale qualité. Et Dieu lui-même, tant impressionné par ce pâtre charitable, ne se montrera lui non plus pas particulièrement compatissant à l'égard du peuple errant dans le désert. Plusieurs faits en témoignent :

— Les fils d'Israël ont des relations sexuelles avec les filles de Madian et de Moab et se prosternent devant leurs idoles. En punition, Moïse condamne à mort les chefs de la communauté. Vingt-quatre mille hommes meurent lors d'une épidémie.

— Après la mort d'Aaron, les fils d'Israël se plaignent de la faim et de la soif (et ce n'est pas la première fois). Le châtiment : nombreux sont ceux parmi le peuple qui vont mourir mordus par des serpents venimeux.

— Un homme ramasse du bois le jour du shabbat. Punition : Moïse exige qu'on le lapide à mort sur ordre de Dieu.

— La plupart des explorateurs envoyés en terre de Canaan expriment un avis pessimiste quant aux chances de conquête du pays. Châtiment encore : les explorateurs vont mourir. Ne restent en vie que deux hommes qui ont soutenu la colonisation (mais pourquoi alors envoyer des explorateurs si l'on fait si peu cas de leur avis ?). Néanmoins, l'expression la plus violente dans la répression de tout écart apparaît avec l'émergence et les agissements de la milice des lévites. Qui pourrait penser que les lévites n'évoquent que les chantres délicats du Temple, les joueurs de flûte et de lyre vertueux et aux sons purs, devrait aussi se souvenir que la genèse du service sacré remonte à la terrible milice des lévites du désert. Cette unité spéciale vit le jour avec le péché du veau d'or. Après avoir vu le peuple danser et gambiller autour du veau qu'a construit ses frères, Moïse convoqua d'urgence les membres de sa tribu, la tribu de Lévi, et leur intima un ordre simple et efficient : « Que chacun de vous s'arme de son glaive!... Et immolez, au besoin, chacun son frère, son ami, son parent! » Les lévites ainsi liquidèrent-ils trois mille hommes (à remarquer qu'Aaron lui-même, le bâtisseur du veau, ne fut aucunement sanctionné).

La promptitude dont ont fait montre les enfants d'Israël pour recevoir les nouvelles tables de la Loi n'était apparemment pas seulement fondée sur le rayonnement de la Loi du Dieu vivant. Ils conservaient encore les frais souvenirs des policiers du Saint béni soit-Il qui exerçaient leur vengeance sur le peuple. Je m'autorise là une légère digression afin de rappeler au lecteur le tempérament violent du grand-père lévite, l'ancêtre de tous les Lévi. La cruauté de Lévi, fils de Jacob, était devenue célèbre après le massacre perpétré contre Sichem, massacre condamné par son père qui, loin de se contenter d'un blâme, alla, avant de trépasser, jusqu'à proférer une malédiction à son encontre lors de la distribution de sa bénédiction à tous ses fils. Quelques générations plus tard, les gènes de Lévi semblent s'agiter toujours autant parmi ses vigoureux descendants.

Le système des miracles opérationnel

Nul doute que Moïse se chargea d'une immense et énorme tâche. Il lui fallut libérer moult esclaves du joug de tyrans, cultiver en eux une conscience nationale et les conduire jusqu'à un pays qu'ils pourraient coloniser. Moïse prouva qu'il était un législateur génial, doublé d'un fin stratège et d'un politicien visionnaire. Cela étant, il semble qu'en raison de la grandeur de la charge et de sa vision il ait fait preuve de quelque impatience pour les simples problèmes quotidiens et matériels. Les griefs de faim, de soif, de fatigue eu égard aux vicissitudes du voyage, poussèrent Moïse à s'adresser à Dieu en un style qui, aujourd'hui encore, prête à sourire : « Est-ce donc moi qui ai conçu tout ce peuple, moi qui l'ai enfanté... Où trouverai-je de la chair pour tout ce peuple, qui m'assaille de ses pleurs en disant : Donne-nous de la chair à manger ! Je ne puis, moi seul, porter tout ce peuple : c'est un faix trop pesant pour moi. » Un tel poids conduisit Moïse, sous les conseils de Jéthro son beau-père, à confier une part de ses prérogatives à d'autres. Une autre technique qu'il adopta, et plus intéressante encore, est celle du système des miracles et autres merveilles. Dans ce cadre, il fit jaillir de l'eau de la roche, fit descendre la manne du ciel, fendit la mer Rouge et adoucit une source dont l'eau était salée. La plupart des dirigeants qui vivent aujourd'hui parmi nous seraient bien incapables de provoquer des miracles de cette espèce (bien qu'ils soient experts en d'autres sortes de miracles), mais ne les accablons pas à ce sujet, car Moïse ne se priva pas non plus d'agir de même pour contrer l'opposition. L'affaire de Coré et de sa communauté est l'unique fois où se tint devant Moïse une véritable opposition dotée d'une organisation et d'un programme. Pour la première fois venait s'insinuer une petite musique démocratique dans la théocratie extrême imposée par

Moïse et sa famille. Le pouvoir entretint-il une confrontation pragmatique avec l'opposition ? Non ! Moïse préféra utiliser la vieille arme déjà éprouvée, à savoir celle des miracles. Même si cette fois ces miracles étaient meurtriers avec l'objectif non dissimulé de faire réfléchir à deux fois tout opposant potentiel.

Comme il est bon d'être prêtre

Coré était membre également de la tribu de Lévi, cousin de Moïse et d'Aaron. Coré se plaignait que ne fussent confiées les tâches de la prêtrise qu'au seul Aaron et à ses fils. Il ne s'était pas lancé dans une guerre de principe contre la préférence accordée aux proches, car ce système était la norme en ce temps-là, mais il voulait tout simplement devenir pontife lui-même. Au-delà de l'honneur, des vêtements élégants et du statut social, la prêtrise recelait des bénéfices non négligeables. Les prêtres recevaient une partie de la viande des sacrifices, des prémices du blé, du moût et de l'huile, la toute première tonte, les premiers-nés des animaux purs, l'argent du rachat du premier-né, etc. Les prêtres ne possédaient aucune terre, mais au temps du désert cela n'était pas significatif. En revanche, le monopole sacerdotal sur les sacrifices leur permettait de contrôler le marché de la viande. Dans une société de nomade — et telle était la société israélite dans le désert —, cette hégémonie s'exerçait ainsi sur toute l'économie nationale. Une puissance économique mêlée aux affaires saintes qui entraîna, en fin de compte, la corruption notable de l'establishment sacerdotal à l'instar des autres institutions religieuses; phénomène sévèrement stigmatisé par les prophètes d'Israël. Pourquoi n'aurais-je pas une part du gâteau? se dit Coré en lui-même. Pourquoi n'en jouiraient qu'Aaron et sa descendance? Le lecteur doté d'un odorat exercé aura su flairer l'envie du lucre; mais ce relent n'est-il pas identique à celui qu'exsudent aujourd'hui certaines institutions politiques? N'y a-t-il pas de nos jours des organismes et des fondations qui réclament et qui perçoivent de telles dîmes ou autres dons? La revendication de Coré était légitime et justifiée d'un point de vue politique. Il n'était pas possible que le gâteau fût distribué seulement à une catégorie de la population. L'option intertribale de Coré et de ses proches fut rejointe par un autre groupe, celui de Dathan et d'Abiram. Ceux-ci contestaient le fait même du pouvoir tant visionnaire que politique de Moïse. Je n'entrerai ici dans aucune polémique qui divise les chercheurs pour savoir si, en effet, existait une alliance entre Coré, Dathan et Abiram ou si c'est le rédacteur biblique qui les associa lui-même; ce qui ne change rien à notre affaire. Dathan et Abiram étaient membres d'une tribu ayant quelque prétention au pouvoir, celle de Ruben, la plus ancienne. Ils déclarèrent à Moïse : « Est-ce peu que tu nous aies fait sortir d'un pays ruisselant de lait et de miel, pour nous faire mourir dans ce désert, sans prétendre encore t'ériger en maître sur nous! [...] Crèveras-tu les yeux à ces hommes? » (Observez l'utilisation ironique et subtile de l'expression « pays ruisselant de lait et de miel » à propos de l'Égypte, car c'est celle qu'affectionnait Moïse pour décrire la terre de Canaan.) De même Dathan et Abiram soulevaient un problème justifié d'un point de vue politique. Selon eux, la Terre promise n'était pas visible à l'horizon, les errances dans le désert mettaient le peuple en danger tandis que Moïse avait assis sa suprématie sur le peuple. Pour leur défense, il faut convenir qu'ils n'usaient guère de moyens violents pour accéder à leurs aspirations, se contentant d'une provocation verbale. Coré, Dathan et Abiram se firent agonir par la tradition juive. Mais si nous en restons aux faits, il n'y avait rien d'autre dans leurs actes qu'une démarche politique classique. Mais la démocratie n'était point à la mode à cette époque, et la réaction des autorités apparaît fondamentalement disproportionnée.

Moïse à son apogée

Moïse fit subir à ses adversaires un test pour prouver qui Dieu avait choisi. Aaron et ses fils devaient se tenir d'un côté, l'opposition de l'autre, chacun pelle à la main, dans l'attente d'un signe de la bonté divine. Le Saint béni soit-Il intervint et proposa pour la énième fois de liquider le peuple dans un fascinant spectacle de son et lumière, genre qu'il affectionnait tant en ces temps d'errance dans le désert. Quelque chose avec beaucoup de feu et de fumée. Mais Moïse se contentait de la suppression de la seule opposition. Si meurent mes adversaires d'une mort naturelle, comme tout un chacun, alors ce n'est pas Dieu qui m'a envoyé — déclara Moïse. Si la terre ouvre son sein pour les engloutir avec tout ce qui est à eux — alors cela sera le signe que ces gens-là ont blasphémé l'Éternel. Sempiternel argument ! Et, en effet, la terre ouvrit sa gueule et aspira l'opposition tout entière, sans rien laisser, à une vitesse impressionnante. Pour la défense du peuple d'Israël, il faut néanmoins le créditer d'instincts politiques sains. Déjà le lendemain, d'aucuns se plaignirent de l'amer destin de Coré et de sa communauté. La réaction ne se fit pas attendre. Près de quinze mille hommes furent aussitôt décimés par une mystérieuse épidémie, qui fut par magie enrayée par Aaron. Pour qui n'aurait pas encore été convaincu, il fallait un miracle supplémentaire. Les bâtons des chefs de la communauté furent réquisitionnés : « Or le lendemain [...]. Voici qu'avait fleuri la verge d'Aaron, déposée par la famille de Lévi : il y avait germé des boutons, éclos des fleurs, mûri des amandes. » Cette verge était le signe divin du choix de la maison d'Aaron pour la prêtrise. On ne peut que s'étonner que le miracle de la verge ne soit pas intervenu plus tôt, ce qui eût épargné beaucoup de vies. Mais il ne nous revient pas de juger des mystères qui nous dépassent. Nous avons retenu la leçon et mieux vaut garder pour soi nos quelques états d'âme. Les Sages tentèrent d'expliquer pourquoi Moïse n'eut pas l'heur d'entrer dans le pays de Canaan, voulant lui imputer des fautes qu'il n'avait pas commises et des propos qu'il n'avait pas tenus. Moïse, un homme d'une grandeur sans pareil, était condamné à voir le pays en face sans y pénétrer. Il était le dirigeant du peuple, mais il est dénommé par le terme de « prophète ». Ce n'est pas pour rien qu'il fut ainsi qualifié. Moïse, en effet, se préoccupait de prospective politique. Ce n'était pas un roi, il n'était pas chef du conseil des Anciens, ni prêtre ni Premier ministre élu. Moïse était un dirigeant qui prépara un peuple qui venait tout juste d'émerger à une existence dans un État qui n'avait pas encore vu le jour. Moïse n'entra pas dans le pays car il ne convenait pas pour diriger un peuple venant s'installer sur sa terre. Un leader tel que lui, une nation n'en a besoin qu'une seule fois dans son existence. Bien des gens qui se sentent tel un troupeau de moutons dans la steppe cherchent encore un dirigeant de son espèce, un gouvernant représentant la volonté divine sur terre. D'autres préfèrent des dirigeants qui se soucieront des impôts, des égouts, des négociations politiques avec les autres pays. Désormais, avec la mort de Moïse, les enfants d'Israël allaient coloniser la Terre promise. L'époque du désert et les errances seraient révolues, oblitérant ainsi le système des miracles et autres prodiges et annulant par là même à jamais sa vision. De même la milice des lévites poserait les armes pour s'adonner à la harpe et à la lyre. L'engloutissement de l'opposition par le truchement du Seigneur cesserait d'être une démarche gouvernementale normale. Et encore ne traiterons-nous pas ici du cas bien connu et spécifique de l'opposition qui se saborde, pour n'avoir pas trouvé d'exemple similaire dans la Bible.

CHAPITRE 10

Casus belli

« Le roi des Ammonites répondit aux envoyés de Jephté : "C'est qu'Israël, étant sorti d'Égypte, s'empara de mon pays, depuis l'Arnon jusqu'au Jaboq et jusqu'au Jourdain. Et maintenant, rends-le-moi à l'amiable." »

Juges XI, 13.

Ce furent tous deux de vaillants héros assoiffés de pouvoir. L'un avait été chassé de la maison de son père, le second s'était enfui du palais de son roi. Les deux hommes étaient chefs de bande et tous deux revinrent pour diriger leur peuple. L'un devint juge, certes pas des plus grands, et le second, roi, un des plus adulés de l'histoire d'Israël. Il est un peu bizarre d'établir une comparaison entre Jephté le Galaadite et le roi David, entre la ronce des champs et le cèdre du Liban, mais néanmoins il subsiste cependant un point de rapprochement entre les deux hommes — l'un et l'autre affrontèrent les Ammonites. Luttes aujourd'hui encore édifiantes.

Le bandit de Galaad

La cause de la guerre de Jephté contre les Ammonites est connue et ne nécessite pas davantage d'éclaircissements : un conflit de territoires. Dans le cas présent, il s'agissait d'une région située entre les fleuves Arnon, le Jaboc et la Jordanie. Le lecteur est invité à ouvrir n'importe quel atlas domestique pour y repérer cette zone qui était peuplée des membres de la tribu de Dan et de Ruben. Le roi des Ammonites déclara son intention de l'annexer à sa souveraineté. Les Ammonites, dont la force et l'arrogance ne cessaient de croître, pénétrèrent la rive occidentale du Jourdain, « pour attaquer Juda, Benjamin et la maison d'Éphraïm ; et Israël fut dans une grande détresse ». C'était au temps où les juges gouvernaient. Il n'y avait pas de roi en Israël. « Et le peuple et les princes de Galaad se dirent entre eux : L'homme qui le premier attaquera les Ammonites, celui-là sera le chef de tous les habitants de Galaad. » Jephté le Galaadite séjournait alors au pays de Tob, dans la région du Yarmouk, et dirigeait une bande de hors-la-loi. Quelques années plus tôt, il avait été chassé de la maison de son père en raison de sa naissance douteuse. Sa mère était une prostituée et ses frères, fils de l'épouse légitime, ne voulaient pas qu'il partageât l'héritage. On peut aisément supposer que Jephté ne garda pas au fond de lui de tendres sentiments pour sa famille en particulier, pas plus que pour les gens de Galaad en général, lesquels avaient agi avec cruauté à son égard. Son enfance et sa jeunesse s'étaient passées très certainement sous les persécutions et les brimades, et voici à présent qu'il devenait un vaillant et farouche héros vivant de son glaive et dont la réputation en tant que guerrier n'était plus à faire. Lorsque les Ammonites se mirent à exercer une pression sur les fils de Galaad, Jephté sut en son for intérieur qu'il était l'unique homme à pouvoir les sauver. Il attendit, avec sagesse et patience. Lorsque arriva à lui la délégation des anciens pour quérir son aide, il ne prit pas l'air étonné ni ne s'abstint de fêter cette petite victoire personnelle. « Est-ce que vous n'êtes pas mes ennemis qui m'avez chassé de la maison de mon père ? Pourquoi donc venez-vous à moi, maintenant que vous êtes dans la détresse ? » leur rétorqua Jephté avec un plaisir non dissimulé. Il réclama alors de devenir le chef des fils de Galaad si leur volonté était qu'il dirige la guerre contre Ammon. C'était évidemment une demande impossible à refuser au regard des circonstances. Son acceptation immédiate témoigne de l'ampleur de la pression à laquelle les habitants de Galaad étaient soumis.

Échange de billets

L'homme éconduit, humilié et sans ressources, revenait pour l'heure dans sa ville, flanqué de ses hommes dépravés et des notables désormais serviles. Le lecteur qui attendrait une violente campagne de règlement de comptes en sera pour ses frais. Comme sous l'effet d'une baguette magique invisible, de sous la personnalité rustre et grossière émerge le personnage d'un leader sensé ; la réelle grandeur de Jephté n'est pas précisément dans sa capacité militaire mais dans sa sagesse politique. Les vieillards de Galaad lui demandèrent alors : « Viens, sois notre chef, que nous puissions combattre les enfants d'Ammon. » Mais le regard de Jephté n'était pas dirigé vers la bataille ; lui, justement, chef de brigands, préférait tenter des voies plus pacifiques. « Puis Jephté envoya une députation au roi des Ammonites pour lui dire : "Qu'ai-je à démêler avec toi, que tu sois venu porter la guerre dans mon pays ?" » Nous voilà instruits de la sagesse de Jephté. Il est clair qu'il sait ce que veut le roi ammonite. L'envoi du billet a un autre but que la mise en œuvre des voies de la négociation. En tout premier lieu, la missive annonce à l'Ammonite qu'il y a à présent un dirigeant en Israël et qu'ils ne sont plus un troupeau sans berger. Deuxièmement, les mots importants dans la formulation de cette lettre sont : « mon pays ». Jephté sait pertinemment ce que souhaite l'Ammonite, et déjà dans sa question faussement innocente il inclut sa réponse future — le territoire dont il est question est une partie inséparable du territoire d'Israël. La réponse du roi d'Ammon ne tarde pas à venir : « C'est qu'Israël, étant sorti d'Égypte, s'empara de mon pays, depuis l'Arnon jusqu'au Jaboq et jusqu'au Jourdain. Et maintenant, rends-le-moi à l'amiable. » La réponse est vive et renvoie à l'injustice historique qui fut selon eux commise à leur endroit ; le roi ammonite lui-même qualifie le territoire en cause de « mon pays ». Là aussi, les derniers mots sont la véritable réponse. De même le roi ammonite est d'abord intéressé d'atteindre ses objectifs par des voies pacifiques. Cependant, il a déjà rassemblé une armée qu'il a préparée au combat et, comme chacun sait, qui se soucie d'assembler une armée révèle immanquablement de l'appétence à la mettre en branle. Mais nous sommes au temps de la Bible et restons-y.

À présent, Jephté envoie à Ammon un billet détaillé témoignant de culture, de compétence et d'une préparation approfondie du sujet. Les versets 15 à 27 du chapitre XI des Juges sont l'objet d'un tour d'horizon historique concentré et précis prouvant que le peuple d'Israël ne convoite pas d'autres territoires ni ne désire de guerres, et qu'Ammon n'a point de droit sur la terre de son adversaire. Jephté rappelle au roi ammonite que les fils d'Israël, en route vers Canaan, avaient demandé un droit de passage par le territoire susmentionné. Y régnaient alors les Amorréens, lesquels avaient constitué une armée et étaient partis se battre contre Israël. Les Israélites avaient vaincu. « Ils dépossédèrent ainsi tout le territoire amorréen, depuis l'Arnon jusqu'au Jaboq, et depuis le désert jusqu'au Jourdain. » Autrement dit, les enfants d'Israël conquirent ce territoire des Amorréens et non des Ammonites. L'argument invoqué par Jephté correspond exactement au cadastre historique du livre des Nombres. « Mais Sihôn ne permit point à Israël de traverser son territoire et Sihôn rassembla tout son peuple, marcha à la rencontre d'Israël, vers le désert... où il livra la bataille à Israël. Israël le passa au fil de l'épée, et il conquit son pays depuis l'Arnon, jusqu'au Jaboq, jusqu'aux possessions des Ammonites ; car elle était forte, la frontière des enfants d'Ammon. Israël s'empara de toutes ces villes ; et il s'établit dans toutes les villes des Amorréens. » Jephté souligne que beaucoup de temps s'était écoulé depuis (trois cents ans environ selon ses dires) et que les enfants d'Ammon eussent pu alors asseoir leur droit mais qu'ils ne le firent pourtant pas. Il termine par un ton quelque peu ironique : « Ainsi l'Éternel, Dieu d'Israël, a évincé l'Amorréen pour son peuple Israël, et tu voudrais déposséder celui-ci ? N'est-ce pas, ce que ton Dieu Camos te fait conquérir devient ta possession ? Eh bien ! tout ce que l'Éternel, notre Dieu, nous a fait conquérir restera la nôtre. » C'est précisément ce que l'on voulait entendre. Les anciens d'Israël s'en furent chercher un héros guerrier, lequel s'avéra être un politicien modéré et circonspect, répugnant à recourir à la guerre et voulant éviter toute effusion de sang. Mais la sagesse d'une des parties ne saurait suffire pour éviter une campagne militaire. Le roi ammonite voyant qu'il ne tirerait aucune gloire par cette voie-là décida de partir au combat. Jephté réagit rapidement. L'audacieux chef des brigands qui sommeillait en lui s'éveilla aussitôt. Il ne laissa pas l'armée ammonite arriver jusqu'à lui, mais la devança et partit lui-même à la bataille, pénétrant dans le pays ennemi, et lui infligeant « une défaite considérable ». La célérité de la riposte israélite et la profondeur de la pénétration en territoire ennemi témoignent que dès le début Jephté avait pris cette éventualité en compte. Son assurance dans le succès des négociations n'était pas totale, ainsi, concomitamment, fomenta-t-il sa stratégie. Dès lors qu'il comprit qu'il n'y avait d'autre choix, il assena par surprise à ses ennemis un coup fatal. Il est intéressant que Jephté n'ait pas tenté de conquérir la capitale des Ammonites. Il se peut qu'il n'ait pas eu suffisamment de troupes pour cela, comme il se peut qu'il n'ait pas eu envie d'une guerre globale quand une opération militaire limitée suffisait pour atteindre son objectif. L'homme qui conquit le Rabba des Ammonites, qui se lança dans une guerre totale contre les Ammonites et leurs alliés fut le roi David. Une centaine d'années après la mort de Jephté se créa un nouvel enchaînement historique qui engendra une seconde fois un *casus belli.*

Incident diplomatique

Lorsque mourut Nahach le roi d'Ammon, l'ami du roi David, ce dernier envoya une délégation pour présenter ses condoléances à Hanoun, le prince orphelin qui succédait sur le trône à son père. Les princes ammonites qui soupçonnaient les représentants israélites d'espionnage s'en ouvrirent au jeune roi. Le jeune Hanoun fit arrêter les diplomates sidérés à qui il rasa « la moitié de leur barbe et [coupa] la moitié de leurs vêtements jusqu'aux reins ». « Puis il les congédia. » Ainsi, le derrière nu, mis à la nouvelle mode sexuelle du roi d'Ammon, les délégués israélites « accablés de honte », le visage rasé de manière ridicule, s'en retournèrent. Sur ordre de David, ils demeurèrent à Jéricho, attendant que leur barbe repousse pour à nouveau se mêler aux hommes. Cela était une violente atteinte à l'honneur de la délégation officielle et bien sûr à celui de David et de la royauté. Dès lors, les choses dégénérèrent rapidement sans que personne tentât de s'intéresser à leur nature ou de stopper leur cours. Les Ammonites, comprenant qu'ils s'étaient « mis en mauvaise odeur auprès de David », louèrent des milliers de soldats araméens pour se défendre contre son attaque prévisible. David ayant eu vent de la concentration des forces ammonites envoya Joab à la guerre à la tête de son armée. Il n'y eut pas d'envois d'émissaires, de billets, d'intermédiaires, ou de tentative de pourparlers. Une action dont la finalité était de donner une bonne leçon aux Ammonites et de se venger, et qui se mua en combat total et prolongé. Au cours de cette guerre tombèrent de nombreux soldats israélites et encore plus de soldats ennemis. L'armée de Joab l'emporta sur les Araméens partisans d'Ammon, et sur l'armée d'Ammon elle-même. Elle prit la capitale Rabba ainsi que d'autres villes et commit un véritable carnage parmi la population. Tout cela afin de leur rappeler l'humiliation de la délégation israélite à Rabba des Ammonites. Au cours de la guerre fut apparemment oubliée la raison originelle du conflit, ignorée d'ailleurs des soldats comme des politiciens. À un moment tendu du combat, Joab s'écria : « Sois fort, soyons forts, pour notre peuple et pour les villes de notre Dieu ! » Ce n'était point un simple cri d'encouragement. Apparaissait là une redéfinition des buts de la guerre. La vengeance était soudain requalifiée de guerre défensive. Il est certain que David ne pouvait passer sous silence l'acte stupide et blessant de Hanoun l'Ammonite. Un roi, soucieux de sa légitimité politique et militaire, ne pouvait laisser ce genre de tâche aux mains de ses représentants. Cela étant, l'envoi de « toute l'armée » à la guerre totale semble disproportionné. David aurait pu choisir entre un énorme éventail d'actions. Nul doute que, si Jephté le Galaadite avait figuré parmi ses conseillers, il ne lui eût suggéré d'autres propositions. À commencer par une « réconciliation » et des dédommagements avant d'en venir aux actes de représailles à des degrés divers. Car l'humiliation de la délégation israélite ne pouvait être considérée comme un point de non-retour. La Bible elle-même témoigne des relations amicales entre Israël et Ammon avant cet incident, ce que le lecteur pourra vérifier dans le second livre de Samuel, chapitre X.

Tragédies personnelles

Une des choses les plus édifiantes concernant les deux guerres contre Ammon est l'effrayant prix personnel que durent payer David et Jephté à la suite de cette guerre. David s'empêtra dans une difficile affaire d'adultère et de meurtre, l'histoire d'Urie et de Bethsabée. Durant le siège de la Rabba des Ammonites, Bethsabée était allée prendre son célèbre bain, et, près des murailles de la capitale, Urie trouvait la mort sur ordre de David. Cette affaire devait lourdement entacher la réputation du roi. En raison de cet adultère, Dieu fit mourir le fils qu'enfanta Bethsabée au roi. Rétrospectivement, la tragédie de la révolte d'Absalon se produisit selon la prophétie de Nathan à cause de cette faute. Le prix que paya Jephté fut plus lourd encore. Avant de partir au combat, Jephté fit à Dieu ce vœu : « Si tu livres en mon pouvoir les enfants d'Ammon, la première créature qui sortira de ma maison au-devant de moi, quand je reviendrai vainqueur des enfants d'Ammon, sera vouée à l'Éternel, et je l'offrirai en holocauste. » Quand Jephté vainqueur rentra du champ de bataille, sa fille unique sortit à sa rencontre avec des tambourins et des chœurs. Deux mois durant, la fille de Jephté pleura sa virginité sur les collines avant que son père n'accomplisse son terrible vœu. Ce sacrifice humain effrayant fait frémir le lecteur encore aujourd'hui et ce n'est pas pour rien que la fille de Jephté devint un fameux mythe littéraire. La tradition suspendit des couronnes de gloire au-dessus de la tête de David, certaines méritées sans doute, d'autres injustement attribuées. D'un autre côté, le juge Jephté ne récolta que des critiques et peu d'estime. L'homme avec mépris fut qualifié de « branche de sycomore » de la bouche de nos Sages — allusion à son origine douteuse. Lui fut accolée aussi l'épithète de « rustre » comme on aurait pu tout aussi bien le traiter d'« arbitre vendu ». Sa sagesse politique et sa capacité militaire ne le favorisèrent point. Le fait qu'il fût le fils d'une prostituée au milieu d'une bande de bandits entraîna ce regard négatif à son endroit. Même l'expression « Jephté et Samuel sont semblables chacun en leur temps », apparemment positive, provient d'une évaluation négative du personnage. Mais ce qui fit incontestablement pencher la balance en sa défaveur fut ce terrible acte du sacrifice de sa fille. Nos Sages — qui inventèrent mille excuses pour prouver l'innocence de David concernant Bethsabée, et cela en dépit de l'esprit de la Bible — ne trouvèrent pas même un mot de compassion en faveur de Jephté. Nonobstant toute la force émotionnelle et littéraire que recèle l'épisode de la fille de Jephté, nous ne sacrifions plus aujourd'hui nos filles. Le dilemme du fameux vœu n'est qu'une leçon secondaire de l'histoire.

La sagesse dont fit montre Jephté doit retenir notre intérêt. Le bandit de Galaad a prouvé qu'il n'y avait pas que David mais bien d'autres leaders dans l'histoire de notre peuple dont on puisse retenir la leçon. À travers la comparaison des deux guerres contre Ammon émerge la vérité qu'il nous faut reconnaître. La personnalité du leader n'est pas moins déterminante que tout autre facteur objectif lié au terrain. Le *casus belli* ne se trouve pas seulement sur le front, il est également ancré dans la sensibilité du signataire de l'ordre de mobilisation.

CHAPITRE 11

Le fier Juif Mardochée

> « Le même jour, le roi Assuérus fit don à la reine Esther de la maison d'Aman, persécuteur des Juifs, et Mardochée se présenta devant le roi, Esther ayant raconté ce qu'il était pour elle. »
>
> Esther VIII, 1.

Des dizaines de milliers d'exilés partirent en direction de Babylone sur ordre du roi Nabuchodonosor. Dans le long convoi des affligés se trouvaient le roi Joachin, sa mère, ses femmes, ses chefs et ses guerriers. Tous ces nobles étaient déjà refoulés dans les marges de l'histoire de notre peuple quand un jeune homme de la tribu de Benjamin, en exil lui aussi, allait jouir d'un rôle majeur dans le théâtre historique juif. On ignore quel était alors son nom, mais nous le retrouvons vingt ans plus tard dans Suze la capitale. Il s'appelait Mardochée. Le Juif Mardochée.

Je tiens d'abord à dire que je n'ai aucun moyen d'affirmer quel est, parmi tous les rois perses, Assuérus auquel il est fait référence dans ce livre, de même que je ne peux expliquer le fossé temporel qu'ont trouvé les chercheurs entre la date de l'exil de Joachin et l'histoire du Rouleau. J'ignore si la fête de Pourim a pour origine un fait réel tel que le livre d'Esther le relate ou s'il s'agit d'une justification postérieure. Je laisse ces questions à de plus sages et plus érudits que moi ; quant à moi, je me cantonnerai à une analyse *stricto sensu.* L'histoire du Rouleau est celle de Mardochée et d'Esther. Des cousins hissés au faîte de la gloire dans la diaspora perse, à l'origine de la première histoire de l'exil biblique.

Déjà les noms, Mardochée et Esther, traduisent l'intégration intentionnelle et consciente de la vie en diaspora. Ce sont les noms des divinités babyloniennes Merodac et Ashtar. Il est difficile de croire que Yaïr et Abihaïl, les parents de nos héros, aient donné à leurs enfants des noms de divinités étrangères. Pour ce qui concerne Esther, nous savons même qu'elle se prénommait d'abord Hadassa. Ils n'étaient pas les seuls Juifs à avoir adopté des prénoms étrangers, mais ce choix superfétatoire de noms de divinités locales ne peut être mieux illustré que par celui de Mardochée. D'après ce qui est raconté l'on en déduit que Mardochée remplissait quelque fonction à la cour royale, bien qu'il fût promis à un autre destin. Leur mission seyait à leur personnalité et à leurs qualités. Le destin voulut que, lors du festin organisé par le roi Assuérus, la reine Vashti affichât son refus à l'égard de son maître et roi et que par cette manifestation féministe avant l'heure elle perdît son statut respectable au palais. Sur les conseils de Memoukhan, un des seigneurs perses, le roi s'empressa de lancer un appel d'offres pour une nouvelle reine. Cet appel était ouvert à toutes, même aux candidates extérieures au palais, et comme chacun sait, les conditions de participation étaient des plus simples. Après une première sélection de vierges, après « six mois pour l'emploi de l'huile de myrrhe et six mois pour l'emploi des aromates et des essences à l'usage des femmes », elles se présentaient, en ordre, devant la commission d'appel d'offres. Cette dernière était composée, naturellement, d'un seul homme — le roi Assuérus, comme on peut lire : « La jeune fille se rendait auprès du roi [...]. Le soir elle venait et le matin elle rentrait dans un autre harem [...]. Elle ne retournait plus chez le roi, à moins que celui-ci ne voulût d'elle, auquel cas elle était mandée nominativement. » Esther, comme l'on sait, plaisait à qui la regardait, et il semble qu'elle ait fait preuve d'impressionnantes capacités cette nuit-là en présence du roi. Ce qu'ils firent, précisément je l'ignore, mais nos Sages ont pu dire, à la gloire d'Esther, qu'Assuérus « demanda à goûter le goût de la virginité — et il goûta. Le goût de son pucelage — et il goûta ». Mais qui suis-je seulement pour moquer les propos des Sages ? ! Assuérus, donc, s'enthousiasma pour la jeune candidate et s'empressa de poser « la couronne royale sur sa tête et la proclama reine à la place de Vashti ». Mardochée inquiet, qui pendant toute cette période d'attente interminable arpentait « les abords de la cour du harem pour s'informer du bien-être d'Esther et de ce qui advenait d'elle », eût pu se dire avec satisfaction : partie gagnée ! à l'instar de ces commentateurs sportifs habitués à hurler à gorge déployée. Il n'avait plus qu'à préparer les suivantes.

Il ne s'agenouillait ni ne se prosternait

Après avoir avancé un pion dans la chambre nuptiale, Mardochée sentit qu'il était dans la bonne direction. Il s'abstint d'exploiter immédiatement sa nouvelle proximité avec la royauté et fit un pas qui, à première vue, parut surprenant. On pouvait logiquement penser que la judéité de la reine Esther allait aider ses coreligionnaires. Mais la Bible le répète : « Esther ne révéla ni son peuple ni son origine, comme le lui avait recommandé Mardochée. » Il savait que sa parenté avec Esther était sa plus forte carte et qu'il valait mieux cacher cet as pour le sortir au moment opportun. Cette affaire de dissimulation fut évidemment l'objet de l'attention des exégètes. Selon Rashi, Mardochée ne trouvait aucun intérêt à ce qu'Esther épousât le roi incirconcis et craignait que, si Assuérus découvrait qu'Esther était de la même semence que le roi Saül (ainsi que l'arbre chronologique de la famille l'atteste), il ne raterait pas l'occasion de lui imposer le mariage. À ce sujet, je m'autorise à faire remarquer, avec tout le respect que je me dois, que la réputation de la maison de Saül n'avait pas pénétré Suze la capitale. Tout comme il est fort plausible que Mardochée eût intérêt à ce que sa cousine épousât Assuérus comme je continue à le penser. Ainsi, chez Ibn Ezra on trouve une interprétation selon laquelle Mardochée avait peur qu'Assuérus ne veuille plus d'Esther s'il apprenait son origine juive. (Ibn Ezra lui-même prétend que Mardochée craignait que le roi ne force Esther à manger de la charogne, aussi lui avait-il demandé de garder en secret sa religion et de pratiquer les lois et les commandements en cachette.) À la fin du chapitre II, on apprend un autre succès de Mardochée. Découvrant le complot que fomentaient Bigtân et Térech contre Assuérus, « il en informa la reine Esther, qui en fit part au roi au nom de Mardochée. Une enquête fut ouverte, qui confirma la chose ; les deux [coupables] furent pendus à une potence, et le fait fut consigné dans le livre des annales, en présence du roi ». Autrement dit, la séduction personnelle de Mardochée commençait à faire son effet et à porter ses fruits. Apparemment, après la découverte des comploteurs et après l'intronisation d'Esther en tant que reine, aurait dû commencer l'ascension vertigineuse du Juif Mardochée à la cour royale, mais le chapitre qui suit, le troisième, commence de façon surprenante : « À la suite de ces événements, le roi Assuérus éleva Aman, fils de Hamedata, l'Agaghite, en l'appelant à la plus haute dignité, et lui attribua un siège au-dessus de tous les seigneurs attachés à sa personne. » Après qu'a été présenté le méchant héros de l'histoire, la route est désormais libre devant le rédacteur et l'intrigue revêt un nouvel aspect : rivalité, tension, intrigues et machinations. Selon l'ordre du roi, tous ses serviteurs et seigneurs devaient se prosterner devant Aman, chef des seigneurs, « mais Mardochée ne s'agenouillait ni ne se prosternait ». Cette posture provoqua l'ire d'Aman tandis que le cœur des lecteurs juifs à toutes les époques s'emplissait d'une grande fierté. Nous sommes ici témoins d'un acte de bravoure et d'orgueil, version Hannah et ses sept fils devant le méchant Antiochus Épiphane. Nos Sages se sont empressés d'affirmer que sur les vêtements de l'ennemi d'Israël figurait le signe de l'idolâtrie et des idoles, et cela explique pourquoi Mardochée ne s'agenouilla pas. À mon humble avis, cet accès d'orthodoxie me semble peu crédible de la part d'un homme qui s'est affublé du nom d'une idole babylonienne. Mais le point le plus faible de l'argument selon lequel Mardochée aurait affiché une telle fierté reste qu'un Juif aussi orgueilleux ne se serait jamais hâté ainsi pour marier sa protégée à un roi incirconcis. Néanmoins, il est aussi possible que les jeunes candidates aient été traînées de force jusqu'au palais royal. Mais on aurait pu alors s'attendre de la part d'un Juif aussi fier que Mardochée à ce qu'il ne reste pas inerte. Le livre d'Esther ne nous relate pas la moindre velléité d'opposition aux épousailles d'Esther et d'Assuérus. Mardochée n'essaie pas de la cacher, de fuir ou de prendre quelque initiative pour empêcher ces noces illicites. Pour qui se souvient de la guerre cruelle menée par Esdras et Néhémie contre les mariages mixtes, pour qui se souvient de ce qui est écrit dans le Deutéronome — « ne t'allie avec aucun d'eux : ta fille ne la donne pas à son fils et sa fille, ne la fais pas l'épouse du tien ! » —, la morgue sélective de Mardochée peut apparaître comme une chose stupéfiante. De la part d'un homme tel que lui, jamais prêt à s'abaisser devant un autre, capable de mettre en danger des dizaines de communautés juives par son attitude, l'on eût attendu une réaction plus énergique pour un sujet aussi fondamental que celui du mariage de sa protégée avec un roi goy. L'absence d'une telle réaction nous oblige à une analyse totalement différente de l'homme Mardochée. Tévié le laitier déchira son vêtement et prit le deuil pendant sept jours parce que sa fille Hava avait épousé un goy. La fille du rabbin du poète Shaül Tchernihovsky se suicida pour ne pas avoir à se marier à un cosaque. Quant à Mardochée, il était tranquillement assis à la porte du roi, arborant une fierté nationale. De même dans les midrashim peut-on ressentir un certain malaise. « Est-il possible que cette femme vertueuse épouse un incirconcis ? dit Mardochée. Mais un grand avenir sera dévolu à Israël, sauvé grâce à elle », peut-on lire dans Esther Rabba. Il est intéressant ici de rappeler Marie Walewska, l'amante polonaise de Napoléon. Les nobles de Pologne l'avaient conjurée de répondre aux sollicitations de l'empereur et pour mieux la convaincre lui avaient apporté le livre de la reine Esther où celle-ci apparaît comme un parangon de patriotisme et de sacrifice pour avoir épousé un roi étranger pour le bien de son peuple. Les Polonais avaient ainsi compris l'aspect utilitaire de la chose à l'instar de Mardochée.

Le défi de Mardochée

Pourquoi alors Mardochée ne se prosterna-t-il pas devant Aman ? La réponse est simple et évidente. C'était son premier pas vers l'auguste fonction de chef des seigneurs. Nous nous trouvons face à un combat politique âpre, d'un genre qui nous est familier de nos jours. L'historien grec Hérodote n'a pas son pareil pour raconter les us et coutumes en vigueur chez les fonctionnaires perses de ce temps-là. Quand deux fonctionnaires de même grade se rencontraient, la politesse les obligeait à s'embrasser. Quand d'autres de grades différents se croisaient, celui d'un rang inférieur devait se prosterner devant son supérieur. De même dans le livre d'Esther est-il spécifié que les serviteurs et les seigneurs s'inclinaient devant Aman car tel était « l'ordre donné par le roi ». Que Mardochée se dérobe à cette coutume apparaît comme une bravade et un affront à l'égard d'Aman. Il était évident pour lui qu'Aman ne pouvait pas laisser passer cette provocation délibérée et publique qui faisait fi de l'ordre royal, comme il était évident à tous que la réplique ne pouvait être que violente. Mardochée était le proche et le confident de la reine, mais cela tout le monde l'ignorait, le roi comme Aman qui allait l'apprendre par la manière forte. L'acte de Mardochée est un acte audacieux particulièrement ingénieux et je n'eusse rien trouvé à y redire si ce n'est une seule chose. Mardochée mit sciemment en danger ses coreligionnaires dans le royaume perse. Il se soucia de ce que son origine ethnique fût connue d'Aman qui fomenta alors l'idée d'extermination de la communauté juive tout entière. Aman n'était *a priori* pas l'ennemi des Juifs, mais c'est l'attitude sciemment provocatrice de Mardochée qui l'entraîna à vouloir « détruire, exterminer et anéantir tous les Juifs, jeunes et vieux, enfants et femmes ». Mardochée savait combien Esther plaisait à Assuérus et, afin de créer un conflit entre Aman et le roi, il provoqua une situation par laquelle Aman mit la reine en danger. Ainsi, dans sa volonté de porter atteinte à tous les Juifs, Aman fit de la reine une victime potentielle en ignorant qu'elle était juive et de la famille de Mardochée. Brillant et audacieux était l'homme Mardochée, même si on ne pouvait le refréner, au point qu'il fut prêt à mettre en péril toute la communauté juive pour accéder à un suprême statut dans Suze la capitale. Ayant pris connaissance du dessein d'extermination et du contenu de la lettre qu'avait fait circuler Aman à travers le royaume, les Juifs de Perse, de l'Inde à l'Éthiopie, furent en proie à une terrible peur. Dans tous les pays ce fut « un grand deuil pour les Juifs, accompagné de jeûnes, de pleurs et de lamentations ». Le sang-froid de Mardochée était remarquable comme on peut le voir. Le défi devenait de plus en plus sensible, de plus en plus périlleux. La moindre petite erreur aurait pu coûter la vie du peuple. Un autre homme eût peut-être tremblé, se fût excusé, se fût prosterné et aurait perdu la bataille. Mais le carriériste politique Mardochée, sachant que le grand moment était imminent, allait déterrer la taupe introduite dans le palais, renverser la situation et cueillir les fruits de la victoire. Il trama, avec Esther, la fin heureuse de son plan. Celle-ci invita Aman et Assuérus à une fête privée. Aman interpréta cette invitation comme un signe supplémentaire de la sollicitude du roi à son égard. Il ignorait que le lendemain la reine lèverait le masque et que son sort serait tranché. « Joyeux et le cœur content », il sortit alors de chez lui. Mais qui rencontra-t-il à la porte du roi si ce n'est Mardochée, qui ne se leva ni ne bougea devant lui, semblable à un joueur de poker devant tout son argent étalé sur la table, la dernière carte restant dissimulée dans les replis de son vêtement.

Où est Dieu ?

Chacun sait bien que le Saint béni soit-Il a coutume de s'immiscer activement dans les événements bibliques, et bien sûr dans les instants de peine et de détresse tels qu'ils sont décrits dans le Rouleau d'Esther. Aussi son absence de ce livre mérite explication. En dépit de jeûnes et de prières, il n'est point fait allusion à Dieu. En revanche, la providence occupe une place prépondérante comme cela apparaît dans le chapitre VI où le roi ne trouvant point le sommeil demande qu'on lui apporte le recueil des annales et découvre comment le complot de Bigtân et de Térech contre lui a été détourné. Révélation dont le résultat immédiat est la célèbre chevauchée de Mardochée. Le lecteur dubitatif qui connaît les méandres de l'esprit de Mardochée et ses intrigues ne pourra exclure l'éventualité que cette découverte fortuite ait été planifiée volontairement, même si cela reste une supposition que nous ne pouvons prouver. La main du hasard ou du destin a de nombreuses fois agi dans cette histoire. Le refus de Vashti, la découverte dans le livre des annales et le consentement du roi à ce qu'Esther apparaisse sans avoir été conviée dans le chapitre V. En réalité, si Assuérus n'avait pas été bien disposé ce jour-là ou s'il avait eu la gueule de bois, le plan de Mardochée eût capoté et tous les Juifs eussent été massacrés, mais Mardochée qui était un joueur impénitent ne se laissa pas impressionner par ces dangers négligeables le long de sa route vers la gloire. Il se peut aussi que l'absence de Dieu dans cette affaire ne soit qu'un subtil moyen du rédacteur d'exprimer la mauvaise humeur du Tout-Puissant devant le personnage de ce Juif nouveau, homme de la diaspora, frayant dans les cours des rois. Tout au long de cette histoire, Mardochée ne s'adresse pas même une fois à son dieu, et la judéité de l'unique homme dans la Bible auquel l'épithète de « juif » soit quasi systématiquement adjointe lui sert surtout de chiffon rouge qu'il agite devant les yeux d'Aman. Mardochée n'est pas le seul Juif de la Bible à être ainsi monté en grade dans des cours étrangères. Ainsi Joseph, vice-roi de Pharaon en Égypte, ou Néhémie, maître échanson d'Artaxerxès, roi de Perse. Joseph connut par sa sagesse les honneurs qu'il attribua à l'aide de Dieu et non à des intrigues de cour. Il fut néanmoins le bras droit de Pharaon, mais la Bible ne s'étend pas sur le sujet et préfère parler du lien renoué avec sa famille et sa terre. De même Néhémie qui vécut à peu près à la même période que Mardochée et dans la même ville apparaît-il comme quelqu'un de soucieux du sort de Juda et de Jérusalem et non comme un ambitieux préoccupé seulement de son propre statut dans le palais du roi. Néhémie se rend à Jérusalem pour aider la misérable communauté de rescapés et quitte la cour et sa haute fonction à Suze. Tandis que Mardochée parie sur la vie des Juifs du royaume pour être le second d'Assuérus en diaspora. La conception du monde dans le livre d'Esther est singulière dans la Bible. La description de la splendeur et de la magnificence de la cour persane, le succès d'Esther auprès du roi, la fierté irresponsable de Mardochée, les moments d'orgasme national lorsqu'il chevauche son cheval, la pendaison d'Aman et le massacre des citoyens perses — tout cela caractérise une perception inconnue et un type nouveau de Juif biblique.

Les amateurs d'actualité ont bien sûr pu déceler quelques savoureuses allusions dans l'histoire d'Esther. L'expression « il ne s'agenouillait ni ne se prosternait » caractérise certains Juifs d'alors comme d'aujourd'hui. Cependant, ce n'est pas seulement l'expression elle-même mais plutôt ce qu'elle cache, en particulier cette disposition à ne pas hésiter à mettre en péril la vie des Juifs au nom de quelque fierté nationale. Malgré tout, j'aimerais attirer l'attention du lecteur sur le dernier verset — qui évoque Mardochée « grand aux yeux des Juifs, aimé de la foule de ses frères ; il recherchait le bien de son peuple et défendait la cause de toute sa race ». Que demander de plus ? Tout y est — grand, bienfaiteur de son peuple, parlant de paix et néanmoins « aimé de la foule de ses frères », mais pas de tous. Ainsi va la démocratie.

CHAPITRE 12

Un vieux roi stupide

> « Mieux vaut un jeune homme pauvre mais intelligent qu'un roi vieux et stupide, incapable même d'accueillir encore des conseils. »
>
> Ecclésiaste IV, 13.

À l'heure où Job et ses trois compères devisaient de problèmes de morale d'importance capitale, à part, un jeune garçon du nom d'Élihou fils de Barakhel les écoutait. Au début, Élihou attendit poliment sans se mêler à la conversation « parce que les sages étaient plus âgés que lui ». Mais soudain, il perdit patience et s'emporta : « Je suis jeune d'années et vous êtes vieux ; c'est pourquoi j'étais intimidé, et je craignais de vous faire connaître mon avis. Je me disais : "C'est à la vieillesse de parler, au grand âge d'enseigner la sagesse." » Élihou prononça ces derniers mots avec ironie et déception parce qu'il ressentait ce que beaucoup de jeunes gens sont susceptibles de ressentir aujourd'hui encore. Il s'était tu par respect des anciens et de leur expérience mais concluait, après ce qu'il avait pu entendre, que l'âge ne constituait aucunement un gage d'intelligence. Job lui-même, dans le chapitre XII, exprime ce sentiment ambivalent. Ne pouvant se résoudre à l'avis commun, il s'interroge : « La sagesse est l'apanage des vieillards, les longs jours vont de pair avec la raison ? » Quand dans un autre verset il vitupère contre Dieu qui « ôte le jugement aux vieillards ».

Des années dénuées d'agrément

Lors de la campagne législative de 1977 qui porta le Likoud au pouvoir, les publicitaires du parti avaient présenté le numéro un de leur liste comme un homme dont la sagesse relevait de l'âge et de l'expérience. Les deux têtes de liste, Menahem Begin et Ya'acov Meridor, apparaissaient ainsi comme les tenants de la sagesse promise dans le leadership du pays. Nous ne gloserons point davantage ici sur ce sujet navrant. Le lecteur n'a pas besoin de nous pour savoir que l'intelligence comme la bêtise ne sont pas précisément l'apanage de l'âge mais échoient indifféremment aux vieux comme aux jeunes. La longévité ne saurait garantir un excès de raison. D'un autre côté, le penchant de jeunes et grossiers freluquets à accuser systématiquement les vieillards de sénilité n'a guère plus de fondement. Je rappellerai ici les propos de ce célèbre médecin hiéro-solymitain qui racontait, quand l'envie lui prenait, que la plupart des patients séniles qu'il avait eu à soigner n'en avaient pas été moins stupides à l'âge de vingt ans. La vieillesse, événement qui guette chacun de nous, est décrite dans la Bible sous différents angles. D'un côté, la Bible promet la longévité à qui accomplira certaines lois, tel le respect de son père et de sa mère. Et le grand âge dont purent jouir les pères de la Nation et les ancêtres de la gent humaine, d'Adam à Noé, peut s'interpréter comme un don divin prodigué à quelques humains triés sur le volet. Mais d'un autre côté apparaissent dans la Bible d'autres considérations sur la situation de l'homme vieillissant. Dans la mémoire du lecteur resurgiront bien sûr le prophète Héli qui tomba et se brisa la nuque car il était « vieux et appesanti par l'âge », Isaac qui perdit la vue au soir de sa vie et fut ainsi abusé par sa femme et son fils Jacob. Quant au verset des Psaumes « ne me rejette pas au temps de ma vieillesse, alors que ma vigueur est épuisée, ne m'abandonne point », il ne manque pas de nous bouleverser aujourd'hui encore. Dans l'Ecclésiaste apparaît une description classique de la vieillesse : « Les années dont tu diras : elles n'ont pas d'agrément pour moi. » Le lecteur qui le souhaitera ira consulter le dernier chapitre de l'Ecclésiaste et verra pourquoi Schopenhauer disait de ces versets que seul un septuagénaire était capable de les comprendre. La Bible nous livre un témoignage intéressant de gérontologie par la bouche de Barzillaï le Galaadite dans II Samuel XIX. Barzillaï était un homme cossu et respectable qui vivait à Mahanaïm, de l'autre côté du Jourdain. David, qui fuyait Absalon, avait trouvé chez lui refuge. Une fois la révolte réprimée, David invita son vieux bienfaiteur à Jérusalem. « Combien ai-je encore de jours à vivre pour monter avec le roi à Jérusalem ? » répondit Barzillaï ; « j'ai aujourd'hui quatre-vingts ans ; puis-je encore distinguer le bien du mal, connaître le goût de ce que je mange et de ce que je bois, apprécier la voix des chanteurs et des chanteuses ? Pourquoi ton serviteur serait-il maintenant à charge à mon seigneur le roi ? » Dans une sorte d'amertume réaliste, le vieux Galaadite dépeignait sa situation, vu son âge canonique, parfaitement conscient d'avoir perdu l'acuité de ses sens et sa capacité de discernement. Mais cette description témoigne de l'esprit vif d'un homme qui sait penser.

Pour toute expérience

Quelque trois cents ans auparavant, le vieux chef de la tribu de Juda, Caleb fils de Yefounné, s'était adressé à son ami et chef, Josué fils de Noun. Caleb avait demandé l'autorisation de conquérir la colline de Hébron. « J'étais âgé de quarante ans, lorsque Moïse, serviteur de l'Éternel, m'envoya de Kadêch-Barnea pour explorer ce pays », avait rappelé Caleb à Josué qui venait lui-même tout juste de rentrer de la célèbre expédition d'explorateur. « Et voici qu'à présent j'ai quatre-vingt-cinq ans. Robuste encore comme le jour où Moïse me donna cette mission, j'ai la même vigueur aujourd'hui qu'alors, pour la guerre et pour toute expérience. » La différence entre les deux vieillards, Caleb et Barzillaï, apparaît flagrante. Mais en dehors du fossé de leurs capacités respectives, existe entre eux une différence plus fondamentale. Caleb fils de Yefounné évoque sa capacité « pour la guerre et pour toute expérience ». L'expression « pour toute expérience » signifie dans la Bible la conduite des affaires. C'est ainsi par exemple que Salomon dit à son Dieu : « Maintenant donc, Éternel, mon Dieu, tu m'as fait régner, moi ton serviteur, à la place de David, mon père, et je suis un tout jeune homme, inhabile à me conduire. » Ailleurs, après la mort de Saül, les membres du peuple disent à David : « Déjà hier, déjà avant-hier, alors que Saül était roi, c'était toi qui dirigeais toutes les expéditions d'Israël. » Autrement dit, Caleb fils de Yefounné, chef de la tribu de Juda, met ici en avant ses capacités à pouvoir diriger sa tribu et à la conduire au combat en dépit de son âge avancé. Les problèmes physiques et intellectuels de Barzillaï le Galaadite, malgré toute la tristesse de sa situation, relèvent du domaine privé et c'est ainsi qu'ils sont présentés. Mais Caleb fils de Yefounné insiste sur son âge et sa capacité à gouverner devant Josué et en présence des membres de sa tribu, sachant que l'état physique et moral d'un dirigeant âgé est l'affaire légitime du public dans la mesure où il concerne le bien-être et l'existence de la communauté tout entière et de chacun de ses membres.

Moïse baisse les bras

Aussi allons-nous laisser là les problèmes d'audition et de digestion des Barzillaï et autres vieillards pour s'occuper de personnages dont la qualité de gouvernant agit en faveur des intérêts publics. Par un matin maussade, la délégation des enfants d'Israël se rendit auprès du prophète Samuel pour lui déclarer : « Vois, tu es âgé, et tes fils ne suivent pas tes voies. Donne-nous donc un roi pour nous gouverner, comme en ont tous les peuples. » À la base de cette revendication figurait le désir compréhensible de troquer le régime sacerdotal et religieux contre une royauté comme il était de coutume en ce temps-là ; mais le premier argument invoqué par les membres de la délégation concernait la vieillesse de Samuel et l'allusion selon laquelle il n'était plus apte à remplir sa fonction. Samuel, comme on s'en souvient, n'accueillit pas la chose avec plaisir et fit tout pour torpiller la tentative d'instaurer la royauté en Israël, mais, lorsqu'il se soumit finalement à la volonté du peuple et à l'ordre de Dieu, il quitta sa fonction : « Désormais, c'est un roi qui marche à votre tête ; pour moi je suis vieux et caduc. » Nos Sages, à ce propos, ont estimé son âge que le lecteur pourra trouver dans le traité Taanit : il n'avait que cinquante-deux ans lorsqu'il fut démis de ses fonctions, « si ce n'est qu'il avait vieilli prématurément ». Avec tout le respect dû à nos Sages de mémoire bénie, il semble apparemment que ce calcul soit erroné. David Kimhi pour sa part, dans son exégèse de Samuel I, chapitre XII, dit avec scepticisme : « Peut-être y avait-il une tradition parmi eux, car à la lecture des versets nous ne voyons pas cela. » Quoi qu'il en soit, il est intéressant de voir que nos Sages ont établi l'heure de la démission de Samuel à un âge qui aujourd'hui lui conférerait l'honneur de compter parmi les jeunes de son parti. Une retraite assurément prématurée. Notre maître Moïse avait débuté sa carrière politique à l'âge mûr, alors qu'il avait quatre-vingts ans. Il n'est pas dans mon intention de me faire le défenseur de Moïse. Sa capacité et sa grandeur en tant que dirigeant, législateur et combattant de la liberté ne nécessitent le panégyrique de personne. Pour ce qui nous concerne, nous nous attarderons ici sur un épisode significatif — l'unique fois où l'âge honorable de Moïse eut une incidence sur l'exercice de son pouvoir. Le lecteur retrouvera cette histoire dans le chapitre XVII de l'Exode qui décrit la guerre contre Amalec. Moïse, alors âgé, ne participa pas activement au combat ni ne dirigea de troupes. Il se trouvait « au sommet de la colline », la verge de Dieu à la main. Le principe était simple : « Tant que Moïse tenait son bras levé, Israël avait le dessus ; lorsqu'il le laissait fléchir, c'est Amalec qui l'emportait. » Et les forces lui manquaient pour pouvoir brandir le bras longtemps. Selon la langue imagée de la Bible : « Les bras de Moïse s'appesantissaient. » Il s'assit sur une pierre, « et Aaron et Hour soutinrent ses bras, l'un deçà, l'autre delà, et ses bras restèrent fermes jusqu'au coucher du soleil ». Depuis ce jour, apparemment, les bras brandis ont eu les faveurs des dirigeants d'Israël, mais la véritable leçon de cet acte est plus importante — un leader dont l'âge empêche de commettre quelque action pourra cependant agir s'il trouve une aide ou un soutien parmi ses ministres et comparses. Si la chose est vraie à l'égard d'un homme de la stature de Moïse, nul doute qu'elle ne soit valable aussi à l'égard d'autres personnes. Le problème est que ces aides potentielles en ces temps-ci ont du mal à se soutenir elles-mêmes de leurs faibles mains ; mais qui sommes-nous pour exiger d'elles de telles épreuves ? Moïse vécut et resta en fonction jus-qu'à l'âge de cent vingt ans avec toutes ses capacités. Alors il transféra ses fonctions à Josué fils de Noun, lui disant : « J'ai cent vingt ans aujourd'hui, je ne peux plus vous servir. » La Loi raconte que jusqu'au jour de sa mort « son regard ne s'était point terni, et sa vigueur n'était point épuisée ». Sur le plan de ses capacités en tant que dirigeant, Moïse atteignit un point culminant que personne depuis n'approcha, même un grand roi tel que David.

Un roi de soixante-dix ans

Le livre des Rois s'ouvre par ces mots : « Le roi David était vieux, chargé de jours. » La vérité est qu'il vécut jusqu'à soixante-dix ans et, ce n'est un secret pour personne, ses sens s'étaient alors émoussés et il n'avait plus l'esprit très clair. Il passa ses derniers jours entre les bras chauds d'une superbe vierge, Abisag, la Sunamite, conduite jusqu'à son lit parce que le roi avait contracté un refroidissement — « mais le roi n'eut pas commerce avec elle ». Une telle abstinence de la part de David, de la part de quelqu'un qui avait prouvé assidûment son ardeur à l'endroit du beau sexe, ne témoigne aucunement d'un haut niveau moral ou de vœu de chasteté que le roi se serait imposé, mais confirme, semble-t-il, que son corps et ses ardeurs se seraient affaiblis. L'état déplorable du vieux roi fut exploité avec perfidie par son épouse Bethsabée et le prophète Nathan. Les deux escrocs, de sang-froid, provoquèrent l'intronisation de Salomon encore du vivant de son père. Leurs intrigues, le vil usage de la faiblesse du roi et de son détachement de ce qui l'environnait, sont décrites dans le premier chapitre du livre des Rois. Il convient d'ajouter que les Chroniques, dans un effort d'embellissement et d'enjolivement de la dynastie davidique, escamotent ce tableau, mais racontent en revanche que David a transmis lui-même la royauté à Salomon et qu'il s'occupa de l'organisation des gardes des lévites dans le Temple qui allait être érigé ; il se trouvera sûrement des lecteurs pour prendre ces faits au sérieux. Les derniers jours du roi David sont encore l'exemple d'un vieillard ayant du mal à saisir la réalité qui se déploie devant lui. Autour des gouverneurs se sont toujours tissés les desseins de comploteurs sachant exploiter leurs faiblesses afin d'arriver à leurs fins. David avait soixante-neuf ans lorsque la vieillesse commença à faire honte à sa jeunesse. Il faut retenir cela, nous qui vivons dans une société qui impose à ses employés, à ses enseignants, à ses médecins, à ses ingénieurs de quitter leur emploi à l'âge de soixante-cinq ans, quand nos dirigeants ont depuis longtemps dépassé cet âge. Imbéciles, compétents, sages ou débiles mentaux peuplent chaque tranche d'âge de notre pays. Pour ce qui est de leur vie privée, il n'est ni nécessaire ni légitime d'intervenir. Mais dès qu'ils parviennent au pouvoir, je ne peux m'empêcher de citer à nouveau l'Ecclésiaste, l'homme sage de la Bible : « Heureux pays si ton roi est un fils », stipule le chapitre X, quand dans le quatrième on peut lire : « Mieux vaut un jeune homme pauvre, mais intelligent, qu'un roi vieux et stupide, incapable même d'accueillir encore des conseils. » Mais comment donc les conseils de la commission Cahan ont-ils pu atterrir dans le quatrième chapitre de l'Ecclésiaste ? Je l'ignore. Les commentateurs de la Bible pourront-ils peut-être nous éclairer sur ce point ?

CHAPITRE 13

La reine de Saba ou une visite officielle

> « De partout on venait rendre visite à Salomon, pour jouir de la sagesse que Dieu avait mise en son cœur. »
>
> I Rois X, 24.

J'aime les visites officielles et les voyages de chefs d'État. Des tapis rouges sont déployés devant eux comme des serpents entre des rangées d'officiels paradant, pendant que le chef du protocole, ému, le visage rubicond, s'agite au milieu des soldats, des limousines, sous les coups de canon et les flashes des photographes. Sur mon lit, devant la télévision, j'assiste à ce spectacle et, avec nostalgie, me remémore ce jour à Jérusalem, il y a trois mille ans, où la reine de Saba était venue rendre visite à notre roi Salomon. Mais sur cette rencontre, les journalistes ne s'étendirent guère, et quant aux camions de télévision, il n'en était alors pas question. Ne subsistent sur l'événement que quelques versets dans le premier livre des Rois, chapitre X, ainsi que dans les Chroniques. Cependant, jusqu'aujourd'hui encore, perdure de cette histoire un goût d'exotisme et d'émotion, exactement comme ce jour où la reine énigmatique était apparue à Jérusalem « avec une nombreuse suite de chameaux chargés d'aromates, d'or en très grande quantité, de pierres précieuses ». Richesse, aventure, sexe et politique, recette idéale pour tout bon best-seller, qui nous lie aujourd'hui encore à cette visite de la reine de Saba et à ses nombreuses adaptations littéraires.

À dos de chameau et par avion

Le mystère qui enveloppe la visite de la reine apparaît déjà dès le premier verset : « La reine de Saba, instruite de la renommée que Salomon avait acquise sous les auspices de l'Éternel, voulut l'éprouver en lui proposant des énigmes. » La Bible ne nous révèle pas le nom de la reine. Nous savons qu'elle venait d'un pays lointain, quelque part là où aujourd'hui se trouve le Yémen, pays alors renommé pour sa richesse et ses précieuses et rares marchandises. Cette reine anonyme, ayant eu vent de la sagesse de Salomon, alla ainsi vérifier si la rumeur était justifiée. La raison étrange de ce voyage et de cette visite est la clef de l'histoire. Les chercheurs, pour qui le prétexte littéraire ne saurait satisfaire leur esprit scientifique, prétendent que la reine de Saba se rendit à Jérusalem pour signer des contrats commerciaux. L'on sait que Salomon faisait commerce avec le sud de la mer Rouge depuis le port d'Ecion-Ghéber. Mais cette explication nécessite toutefois des vérifications car les gouvernants de l'époque n'étaient pas aussi avides que nos dirigeants actuels d'incessants déplacements à l'étranger pour aller rencontrer les grands de ce monde. Aucun avion ne se tenait à leur disposition, pas davantage que des voitures confortables et climatisées. De même, les accords bilatéraux n'existaient pas en ce temps-là. Un voyage royal à la tête d'une escorte de conseillers, de ministres, d'ânes, de soldats, de concubines et de chameaux était une affaire longue et compliquée. La caravane avançait au rythme du pas lent des bêtes de somme, le souverain devait prendre en considération les risques du voyage, la fatigue, et l'absence prolongée hors du pays était susceptible de mettre le trône en péril. Aussi n'est-il pas étonnant que de telles pérégrinations ne fussent pas monnaie courante dans la Bible. Un exemple patent de l'immobilisme des rois bibliques se trouve dans les relations entre Salomon et le roi de Tyr, Hiram. Les liens commerciaux entre Tyr et Jérusalem étaient forts et étendus. « Hiram fournit ainsi à Salomon du bois de cèdre et du bois de cyprès, autant qu'il en voulait ; et Salomon fournit à Hiram, pour l'entretien de sa maison, vingt mille kôr de froment et vingt kôr d'huile d'olives concassées ; voilà ce qu'il lui fournissait chaque année. » Salomon lui octroya aussi des territoires en Galilée. Entre les deux États existait d'ailleurs un accord d'échanges : « Car, tu le sais ; il n'y a personne chez nous qui soit habile à couper les arbres comme les Sidoniens », dit Salomon à Hiram. Et en effet, des spécialistes du Liban abattaient des cèdres pour les transporter en Israël, quand un spécialiste de Tyr surveillait les travaux de fonte du cuivre dans le Temple. Ce spécialiste, d'ailleurs, pour l'anecdote, avait une mère juive. Les liens avec Tyr ne se résumaient pas aux seuls aspects économiques. Les marins de Hiram, « matelots experts dans la marine », partaient en mer à bord de la flotte du roi d'Israël et des maçons phéniciens étaient employés à d'immenses travaux de construction pour Salomon à Jérusalem. Malgré l'étendue des relations entre Salomon et Hiram et en dépit de la proximité géographique entre Tyr et Jérusalem, pas le moindre mot ne figure dans le livre des Rois sur une quelconque rencontre initiée par l'un des deux hommes. Les accords étaient signés par l'intermédiaire d'émissaires accrédités. Le même phénomène se rencontre avec Pharaon, le roi d'Égypte. Salomon, qui avait épousé la fille de Pharaon, entretenait avec l'Égypte un important commerce de chevaux et de chars de combat, pourtant, aucun témoignage biblique n'existe sur une rencontre entre Salomon et son beau-père. Ainsi, la signature de contrats commerciaux ou l'instauration de relations politiques ne suffisaient-elles pas pour justifier un déplacement royal. Il est donc difficile de comprendre le long et exténuant périple entrepris par la reine de Saba. Un voyage qui dura plus de six mois, dans les rudes conditions du désert.

Les jambes poilues de la reine de Saba

Le mystère qui enveloppe cette visite explique en partie la multiplication des créations inspirées par l'histoire de la reine de Saba. L'imagination des artistes s'est en effet enflammée à la lecture des versets bibliques, tout comme celle de simples lecteurs comme vous et moi excités à l'idée de savoir ce qui se passa véritablement à Jérusalem lorsque la reine arriva au palais du roi Salomon. Afin de pouvoir écrire ces lignes, j'ai dû procéder à une petite enquête parmi mes amis, leur demandant de me décrire la reine de Saba. On ne trouve dans la Bible aucune allusion à son aspect, ce qui n'empêcha pas mes amis de se laisser emporter par leur imagination et de se lancer dans la description de ses manières gracieuses et du galbe extraordinaire de ses hanches. Notre esprit habitué aux légendes princières, de Cendrillon à Lady Di, mais aussi assoiffé de médisances, ne se lasse pas de se représenter la reine de Saba. Femme svelte à la peau hâlée et veloutée et aux membres superbes. Aux yeux et cheveux noirs comme les ailes du corbeau. Quand elle se dirige d'un pas majestueux vers l'entrée du palais à Jérusalem, les eunuques même pâlissent, tandis que du fond du palais résonnent les caquetages jaloux de milliers de femmes. Sur son trône imposant l'attend le roi Salomon, les épaules viriles drapées dans des étoffes de lin égyptiennes, esquissant sous sa sombre barbe un sourire séducteur et ressemblant à s'y méprendre au Herzl athlétique de l'imagerie populaire. Une tension érotique électrise l'atmosphère alors que la reine avance vers le trône. De cette acmé littéraire fleurirent maints poèmes, illustrations et légendes. Les créateurs ont rebattu cette version et sont tombés dans le piège en soulignant le côté érotique de la visite. Ainsi la légende éthiopienne relatant le coït royal qui engendra Menelik Ier, roi d'Éthiopie. Ainsi l'ensemble de midrashim, le Targoum cheni, rédigé en diaspora il y a plus de mille ans. Ainsi la légende arabe, « Salomon et Balkis » (du nom de la reine de Saba dans la tradition musulmane; d'aucuns d'ailleurs prétendent que Balkis signifie « concubine »). Ainsi le poème de Robert Browning au titre éponyme; ou encore celui de Yehuda Amihai — « La visite de la reine de Saba ». Haim Nahman Bialik adapta le Targoum cheni et la légende arabe que l'on peut trouver réunis dans son ouvrage *Le Temps venu.* Ces deux histoires reprennent le fondement érotique de l'épisode célèbre du sol en verre. Salomon, ainsi est-il raconté, avait usé de ruses à l'encontre de la reine de Saba et l'avait accueillie dans son palais dallé d'un sol en verre. La reine, confuse, croyant qu'il s'agissait d'eau avait retroussé les pans de sa robe. Dans le Targoum cheni, on peut lire : « Elle dénuda ses cuisses afin de traverser et il vit les poils de ses jambes. Vous avez la beauté des femmes mais la pilosité d'un homme, s'exclama alors le roi. Le poil est beau chez l'homme mais si navrant pour une femme! » La reine de Saba ne se donna pas la peine de répondre à cette remarque blessante et grossière, prouvant par là qu'elle n'était peut-être pas aussi sage que le roi Salomon mais qu'incontestablement elle était dotée de plus de courtoisie et de civilité. De même Bialik s'insurgea-t-il du style caustique que les rédacteurs du Targoum cheni avaient mis dans la bouche du roi. Dans son adaptation une version plus affable du même événement apparaît : « Elle releva les pans de sa robe pour passer et Salomon vit la beauté de sa chair et détourna le regard. » Ainsi Bialik transforma-t-il ce « cochon misogyne » de Salomon, version Targoum cheni, en roi modeste et vertueux. Dans son adaptation de la légende arabe, on peut lire : « Elle souleva les pans de sa robe, Salomon rit et se leva à sa rencontre. » Il n'est pas dit si la reine de Saba avait adjoint une esthéticienne à son escorte. Le Targoum cheni qui fut écrit dans une diaspora souffrante choisit Salomon comme symbole de la souveraineté juive forte et fière. Sous le pouvoir des goyim furent rédigées les légendes sur son trône superbe, sur les animaux, les démons et les esprits qui étaient ses sujets, mais aussi sur la visite de la reine de Saba. Dans leur volonté de décupler la splendeur et la puissance du roi, les rédacteurs choisirent d'inclure l'épisode avilissant du sol de verre et des cuisses découvertes. En outre, le Targoum cheni contredit explicitement ce qui est écrit dans la Bible, à savoir la reine venue mettre le roi à l'épreuve. Pour le premier, ce serait Salomon qui aurait imposé par des menaces à la reine de Saba de venir lui rendre visite afin de l'honorer. Quoi qu'il en soit, dans chacune des trois versions l'honneur de la reine est, à des degrés divers, sali dès qu'elle pénètre dans le palais. Elle est outragée autant comme femme que comme chef d'État. Cet outrage a un caractère sexuel évident propre à toute la rencontre avec Salomon. Je reviendrai ultérieurement sur cette affaire, car j'aimerais entre-temps apporter la version de Bialik quant au point culminant de la rencontre : « Et Salomon la conduisit à son palais où il lui fit un grand festin, puis il se réjouit avec elle plusieurs jours », expression délicate, caractéristique de Bialik, pour traduire ce qui se passa dans la chambre royale. Yehuda Amihai s'inspira de cette tradition ancienne et éprouvée et fit un usage audacieux de l'histoire du sol de verre. Sans s'attarder sur l'affaire des cuisses de la prestigieuse hôte, il écrit : « La pâleur rose de son sexe s'amplifie dans le sol-miroir. » La reine chez Amihai brûlait de désir pour le roi Salomon avant de partir en voyage. C'était une femme sensuelle et à l'appétit sexuel immense. « Tous les lupanars de son âme clignotent en rouge », écrit-il. La reine quitte son pays pour Jérusalem, traversant la mer Rouge. Les capitaines « naviguaient selon la carte de son désir et les anneaux de son ventre, les mamelons de ses seins en éclaireurs ». Après le célèbre jeu des énigmes, « sa langue enroula la sienne dans un dernier jeu de mots ». Lorsque je m'entretins avec lui à propos de son poème sur la reine de Saba, il me confia que l'ancien midrash sur le sol en verre lui était connu, mais qu'il avait choisi de retenir dans cette affaire la seule tentative de Salomon de « regarder sous les jupes de la reine ». Amihai, marqué par la concupiscence légendaire de Salomon, en fit un vieillard lubrique. Quant à la reine, me raconta-t-il, il avait vu un jour en visite à Londres des dessins de la Renaissance de la reine de Saba. Elle était représentée comme une superbe Noire, et c'est ainsi qu'elle lui apparut lorsqu'il écrivit son poème. Probablement, du moins je le suppose, même si les propos du poète ne sont pas aussi explicites, intervint aussi ici le cliché selon lequel nous avons tendance à attribuer à la race noire une sexualité compulsive. En tout cas, Amihai s'est-il repu de la bonne part du midrash avant d'en jeter l'écorce. L'image de la reine humiliée et ridiculisée lui avait déplu et il utilisa l'événement du sol en verre sous un angle bien différent.

Golda et Nixon

La laconique description biblique ne nécessite point une telle exégèse. Dans la Bible, la reine de Saba eût pu être une vieille et laide importune, soumettant Salomon à moult stupides énigmes. Mais le roi s'adressa à son hôte insupportable avec patience et modération car il aspirait à instaurer avec elle des relations amicales qui l'aideraient à commercer avec les pays riches du Sud. Cette interprétation n'est pas moins légitime que celle évoquant le sol en verre et le coït royal. J'aimerais d'ailleurs bien volontiers pouvoir prendre place à bord d'une machine à remonter le temps. Revenir trois mille ans en arrière pour voir vraiment ce qui se passa là-bas, dans le palais du roi Salomon. Puis me projeter trois mille ans après notre ère pour être témoin de la future rédaction des légendes romantiques et des poèmes érotiques consacrés à la visite de Golda Meir à Richard Nixon. Ou peut-être d'une nouvelle version plus audacieuse de la promenade à cheval du président Reagan en compagnie de la reine Elisabeth. Avant de pouvoir jouir d'une telle technologie, je ne peux que m'en remettre à ce qui est écrit. Et le contexte apparaît favorable à une aventure entre Salomon et la reine de Saba. Contexte favorable même si peu explicite. Salomon avait en effet la solide réputation d'aimer les femmes. Aucun homme n'aurait épousé mille femmes uniquement sous la pression de ses parents. Et ce n'est pas pour rien qu'on lui attribue le Cantique des cantiques. On lui connaît d'ailleurs une forte inclination pour les femmes issues d'une autre semence que celle de notre ancêtre Abraham. « Or, le roi Salomon aima [...] un grand nombre de femmes étrangères », comme on peut lire dans la Bible. Cela ne peut que conforter l'idée que Salomon eût fait la cour à l'hôte de Saba. Le texte biblique contient également des versets susceptibles d'accréditer cette version. Ainsi : « La reine de Saba, voyant toute la sagesse de Salomon [...] fut transportée. » Ou encore : « Le roi Salomon donna à la reine de Saba tout ce qu'elle désirait et avait demandé, indépendamment des présents qu'il lui fit et qui furent dignes de sa puissance royale. » Néanmoins, les véritables racines de l'interprétation érotique sont beaucoup plus profondes que ces expressions. Il nous faut ici revenir à la raison invoquée de la visite. La reine de Saba vint voir Salomon afin de « l'éprouver en lui proposant des énigmes ». Ainsi venait-elle mettre au défi la sagesse du roi. « De partout on venait rendre visite à Salomon pour jouir de sa sagesse » ; quant à la reine de Saba, elle n'était pas venue comme adulatrice mais comme investigatrice. Non avec modestie mais dans l'intention de se confronter au roi. Dès le début, elle arrive auréolée de la fierté d'une femme libérée. Souveraine à part entière, elle ose mettre en doute la suprématie de Salomon, et se lance d'elle-même dans un voyage audacieux et périlleux. Une telle attitude de la part d'une femme désireuse de se confronter intellectuellement avec un gouvernant mâle ne pouvait être acceptée littéralement par les exégètes mâles au cours du temps. Le véritable fondement psychologique de l'interprétation sexuelle de l'histoire de la reine de Saba réside en cela. La victoire du roi Salomon n'aurait pas été totale s'il n'avait possédé cette insolente et ne l'avait remise à sa place. Il nous reste une autre leçon à tirer de cette histoire merveilleuse. Il s'avère qu'autrefois, il y a de nombreuses années, nous eûmes un dirigeant si sage que de lointains pays l'on venait jouir de l'éclat de sa sagesse et séjourner à l'ombre de son esprit. Cela fut-il un phénomène unique dans l'histoire du peuple d'Israël ou cela est-il susceptible de se reproduire ? Je l'ignore. Quoi qu'il en soit, il est encourageant de voir que la chose est possible.

CHAPITRE 14

La femme de la vallée de Sorek

> « Cette femme donna le jour à un fils, qu'elle nomma Samson. L'enfant grandit et fut béni du Seigneur. L'esprit divin le saisit pour la première fois à Mahané-Dan, entre Corea et Echtaol. »
>
> Les Juges, XIII, 24.

« Tomber sous la main d'une femme » était l'un des destins les plus infamants qui pût échoir à un héros biblique qui se respecte. Cela étant, quelques seigneurs bibliques parvinrent à se protéger de ce genre de fin avilissante. Sisara tomba aux mains de Yael ; le rebelle Chéba, fils de Bikhri, perdit sa tête grâce à la très sage femme d'Abêl ; Abimélec, fils de Gédéon, fut atteint par un fragment de meule qu'une femme lança de la muraille de Tébeç. Dans les affres de l'agonie, Abimélec implora son écuyer : « Tire ton épée et achève-moi ! Je ne veux pas qu'on dise : C'est une femme qui l'a tué. » Mais aucun de ces destins n'est comparable au piège machiavélique que tendit Dalila à Samson. Toutes ces morts étranges auxquelles j'ai fait allusion eussent pu tout aussi bien êtres causées par un homme. Fracasser un front avec une lourde pierre ou transpercer une tempe avec un pieu ne sont pas des agissements spécifiquement féminins. Mais le piège dans lequel tomba Samson ne pouvait être tendu que par une femme. Une femme qui connaissait sa victime et qui savait quelle était la faiblesse de l'homme le plus fort de la Bible.

L'étrange fils de Manoah

Qui se penche sur les histoires de Samson est confronté à de multiples faits de bravoure. Samson mit en pièces à mains nues un lion, frappa mille hommes avec une mâchoire d'âne, arracha les portes de Gaza pour les porter sur son dos jusqu'à la colline de Hébron — autant d'actes héroïques classiques que l'on retrouve chez les personnages littéraires ou historiques dotés d'une grande force physique. Exploits qui rappellent les travaux d'Hercule ou le chasseur Nimrod. Ces êtres vigoureux accomplirent des actes spectaculaires, brutaux, des choses qu'on a du mal à croire. Mais en définitive, ils firent subir à Samson une injustice historique. Car aujourd'hui l'homme est évoqué comme une vulgaire brute, un macho ayant abusé de la gonflette, un paquet de muscles écervelé. Néanmoins un petit détail marginal de l'épisode de l'anéantissement du lion nous enseigne que la bravoure de Samson n'était pas pure brutalité. Sa véritable nature recelait une sensibilité exceptionnelle et une audace hors du commun. Comme on s'en souvient, après avoir tué le lion, Samson retourna voir le cadavre de l'animal. « Et il trouva dans le corps un essaim d'abeilles et du miel. » Naturellement, Samson désira goûter le miel, mais les abeilles sauvages ne sont pas le genre de créatures à aimer partager leurs biens avec autrui. Tous ceux qui s'intéressent au miel, du simple apiculteur jusqu'à l'ours Baloo, connaissent bien la douceur du dard des abeilles et savent s'en prémunir. Mais Samson s'approcha simplement et glissa les mains dans la ruche pour en extraire du miel : « Il le recueillit de ses mains, en mangea chemin faisant. » Nous sommes là confrontés au courage et à la détermination de Samson. Point n'est besoin d'une force physique exceptionnelle pour entrer la main dans une ruche — il n'est besoin que d'un cœur intrépide. Il est intéressant de faire le rapprochement avec l'attitude de Jonathan, fils de Saül. Jonathan lui-même se trouva confronté à une ruche d'abeilles sauvages. Jonathan était également un homme vaillant et un guerrier héroïque (il tua le même jour vingt Philistins d'un seul coup, raconte la Bible). Mais c'était un homme normal qui se méfiait des abeilles. « Il étendit la baguette qu'il tenait à la main, la porta à sa bouche, ce qui lui éclaircit la vue. » Cet incident marginal nous renseigne sur la personnalité singulière de Samson. Nul doute qu'il était différent et étrange. Il est clair qu'un homme doté de telles forces ne pouvait guère être accepté par la société des hommes facilement. Il avait une allure différente, se laissait pousser les cheveux sur les épaules. « Ses cheveux étaient semblables à des caroubes », ont pu dire nos Sages. Mais son altérité ne se résumait pas à son seul aspect physique. Dans sa manière d'être, elle était patente. Il était membre de la tribu de Dan, mais ses camarades étaient philistins comme toutes les femmes de son existence. Il gouverna Israël sans se tenir toutefois à la tête d'une armée. Ses agissements furent les actes audacieux d'un seul homme. Les circonstances de sa naissance restent enveloppées de mystère. Bien sûr l'affaire de l'ange qui se révéla à sa mère stérile et qui lui annonça la naissance prochaine de son fils naziréen laissa nombre de voisins incrédules. Un de ceux qui doutaient le plus de cette histoire était Zeev Jabotinsky qui exprima son scepticisme dans son ouvrage *Samson*. « Quel homme sensé croirait ces fables selon lesquelles un ange de Dieu se révéla par une nuit de printemps à une femme pour lui annoncer qu'elle concevrait un fils ? Quel ange apparaîtrait à une femme intègre près d'un puits en pleine nuit dans un lieu où l'on ne voit rien... » S'il a pu mettre ces mots dans la bouche de l'un de ses héros, on peut supposer que d'autres ont pu partager le même sentiment. Même au temps de Samson. Qui croyait dans les histoires d'anges auréolait Samson de sainteté. Qui cherchait de plus prosaïques explications à cette surprenante grossesse était bien sûr en proie au soupçon et à l'ironie, sans toutefois oser le proférer devant le bras prêt à s'abattre du robuste garçon. Quoi qu'il en soit, Samson était étrange et bizarre, solitaire et individualiste, grand ascète à la longue chevelure, « vedette » des fêtes philistines — sans véritables amis. Néanmoins, cet homme exceptionnel tomba pourtant dans les rets de l'amour. Dès l'instant où Samson aima Dalila, il découvrit son talon d'Achille — son cœur tendre. Sous ses muscles se cachait un cœur souffrant et aimant.

Il y eut trois femmes dans la vie de Samson. La première — son épouse philistine au sujet de laquelle il déclare sans ambages : « Puisque celle-ci me plaît », avant de l'abandonner peu de temps après leur mariage. Elle était originaire de Timna, mais la Bible ne se donne pas la peine de nous préciser son nom. La deuxième, une courtisane anonyme de Gaza qui souleva sa passion ; et la troisième, Dalila, la femme de la vallée de Sorek. La seule âme pour laquelle Samson éprouva de l'amour et qui précipita sa fin.

« Plus tard, il s'éprit d'une femme appelée Dalila, dans la vallée de Sorek. » C'est la première et unique fois que ce sentiment est prêté à Samson. Qui donc était cette femme qui réussit à jouir de l'amour de notre héros ? Nous ne savons rien d'elle si ce n'est son nom. Nous nous la décrivons instinctivement comme une jolie fille au sang chaud, digne compagne du puissant Samson (le Traité Sota fait référence au « membre d'une coudée de Samson semblable à ceux des autres hommes quand sa semence est un véritable torrent... »). Entre les lignes, on imagine une cohabitation ou du moins de fréquentes visites et d'interminables nuits passées par Samson auprès de sa belle. Une vie commune hors du mariage était tout à fait inhabituelle en ce temps-là. Dalila était-elle une prostituée ? (C'est en tout cas ce que prétend Jabotinsky dans son livre *Samson.*) Était-ce une femme libérée déjà à l'époque ? Le mystère enveloppe le personnage de la femme de la vallée de Sorek. Mais les événements qui vont s'abattre sur Samson nous révèlent encore d'autres traits de caractère de Dalila. L'existence d'un nid d'amour dans la vallée de Sorek était connue des plus grands ennemis de Samson — les cinq princes des Philistins. Ils flairèrent la possibilité de prendre leur adversaire au piège et allèrent jusqu'à sa tente. Si les cinq princes se rendirent ensemble jusque chez Dalila, cela dénote à quel point ils craignaient Samson et combien leur volonté était forte de s'en emparer. Leur visite fut bien sûr précédée d'une enquête des renseignements qui les éclaira sur le fait que le héros danite était bel et bien mordu de sa nouvelle concubine. Mais les questions qu'ils posèrent à Dalila nous apprennent également qu'ils ne se faisaient pas d'illusions sur sa relation avec Samson. Ce dernier quant à lui se berçait d'illusions. La demande des princes des Philistins est simple et directe : « Tâche, par tes séductions, de découvrir d'où vient sa grande vigueur et comment nous pouvons le vaincre, le lier et le réduire à l'impuissance. Tu recevras alors de chacun de nous onze cents pièces d'argent. » Ils ne dissimulent aucunement leurs intentions véritables. Une femme amoureuse aurait-elle été prête à livrer l'élu de son cœur aux mains de ses ennemis ? Les princes des Philistins auraient-ils osé avouer à Dalila leurs intentions d'attacher et de torturer Samson s'ils avaient pensé qu'elle éprouvait quelque amour pour lui ? Quelle femme aurait livré son bien-aimé pour l'amour du lucre ? Si un amour réciproque avait régné sous la tente de la vallée, alors il est certain que les princes des Philistins eussent tenté des voies plus rusées et détournées. Peut-être auraient-ils essayé de brouiller Dalila et Samson, de le ternir auprès d'elle, ou d'évoquer une imaginaire amante d'Ashkélon. Mais leur approche directe et l'acceptation immédiate de Dalila de les aider démasquent la femme de la vallée de Sorek — qui se révéla n'éprouver aucun amour pour Samson. Le lecteur se souvient bien sûr de la série de questions investigatrices que Dalila adresse à Samson pour découvrir le secret de sa force. La technique dont elle use pour ce faire est une vieille technique féminine éprouvée dans la littérature mais aussi dans l'existence — la méthode du harcèlement. Finalement, elle parvient à découvrir le secret et à livrer Samson aux mains des Philistins. Cependant la question de savoir comment Dalila réussit dans son entreprise et pourquoi Samson lui révéla son secret continue de tracasser les commentateurs comme les lecteurs jusqu'à ce jour.

L'aveuglement de celui qui aime

« Tourmenté ainsi chaque jour et harcelé par ses propos, il en fut enfin excédé à la mort. » Cette situation avait été comme l'on sait précédée des incessantes questions de Dalila, des réponses fausses de Samson et des échecs des Philistins pour le prendre au piège. Nos Sages ont donné l'interprétation suivante : « Elle le harcelait — autrement dit, avant la fin de l'accouplement, elle se dérobait. » C'est, sans conteste, une interprétation des plus piquantes, révélatrice de la science de nos rabbins dans les secrets de la copulation. Mais le coït interrompu ne semble pas une raison suffisante pour qu'un homme délivre à autrui son plus grand secret. Il est également difficile de supposer qu'une femme ordinaire puisse se soustraire à l'étreinte d'un homme capable de tailler des lions en pièces à mains nues. David Kimhi prétend que les questions de Dalila ne furent pas l'affaire d'un jour mais qu'elles s'étendirent sur une certaine période : « Cela ne se fit pas en un seul jour ; elle lui posait un jour une question, et deux jours plus tard se remettait à le questionner. » Autrement dit, il s'agissait ici d'un harcèlement répétitif, phénomène subi par nombre de malheureux maris. De même, écrivains et poètes furent sollicités pour l'histoire de Samson et Dalila. Jabotinsky, dont j'ai déjà rappelé ici le livre, décrit Dalila agissant selon ses propres lois : une légitimité éloignée de l'histoire biblique mais dotée d'une certaine logique intérieure. Le lecteur intéressé ira consulter son ouvrage et, à cette occasion, se délecter de cette œuvre superbe. D'autres créateurs — Haim Moïse Luzzatto, Lea Goldberg, etc. — ont aussi écrit sur Dalila et Samson. Autant qu'ils sont, ils tentèrent de puiser dans les recoins de l'âme de Dalila le secret de sa traîtrise à l'égard de Samson. Ils lui prêtèrent une folle jalousie, un amour qui lui fit perdre la raison. Mais une erreur fondamentale restait à la base de ses interprétations littéraires — le postulat selon lequel Dalila avait en effet fait acte de traîtrise. Un homme est susceptible de tromper celui qu'il aime, son peuple, sa patrie. Dalila ne trahit pas un seul de ceux-là. Elle n'était pas du même peuple que Samson. Ni membre de sa famille, et dans son cœur aucun amour ne brûlait pour lui. C'était une femme froide, animée par l'amour du lucre, qui connaissait le point faible du héros avec lequel elle partageait son lit et qui lui préféra onze cents pièces d'argent. Qui lit attentivement ce qui est écrit ne s'étonnera pas du succès de Dalila. La Bible distille quelques allusions à cela avant qu'elle-même ne monte sur scène. Le rédacteur prépare ainsi le lecteur à la chute de Samson par les mains d'une femme, à travers les histoires des autres femmes qui l'ont précédée. Samson avait déjà montré une faible résistance face aux pressions intempestives et prolongées avec sa première femme philistine. Celle-ci était parvenue à lui arracher la solution de l'énigme qu'il avait préparée à l'intention des Philistins : « Du mangeur est sorti un aliment, et du fort est sorti la douceur. » Sept jours elle l'avait tourmenté, travaillé au corps, avait crié et pleuré sans interruption. « Le septième jour, vaincu par ses instances, il lui révéla le mot. » Dès le début, il apparaît ainsi au lecteur qu'une femme tracassière était l'arme la plus efficace pour soumettre Samson. De même l'histoire de la courtisane de Gaza annonce le destin prévisible du héros. L'entrée dans la ville philistine fut symbolisée par l'enfouissement de sa tête dans la gueule du lion. Si ce n'est que Samson, comme chacun sait, n'avait pas peur des lions et son ardeur pour cette femme était plus forte que toute autre considération. Cette nuit-là, à Gaza, Samson faillit se faire prendre par ses poursuivants, mais il parvint à s'échapper de façon stupéfiante en emportant les portes de la ville sur ses épaules. Les banquets auxquels Samson participa en tant que star de la fête, ses amusantes énigmes nous renseignent sur son goût pour la facétie et les mots d'esprit. Ses premières réponses aux questions de Dalila révèlent un même penchant. Il ne refusait pas de lui répondre ni ne déblatérait de simples mensonges. Il lui racontait des histoires amusantes nécessitant vérification, laquelle de son point de vue était aussi d'une certaine manière un divertissement. Lorsque Dalila l'attacha avec des cordelettes humides, Samson sauta alors hors de sa couche et arracha ses liens devant elle et devant les Philistins consternés, cachés dans la chambre voisine, lui procurant ainsi un moment ludique et de plaisir comme il en raffolait. Mais par-dessus tout, néanmoins, se dessinent son amour pour Dalila et l'immense fidélité qu'il lui voue. La dernière nuit, après avoir révélé son véritable secret, Samson s'endort en toute quiétude sur les genoux de sa bien-aimée. Lorsqu'il se réveille, les Philistins lui ont déjà crevé les yeux. Mais en réalité, Samson était déjà aveugle depuis bien longtemps. Aveuglé par l'amour. Aveugle aux rets qu'on lui avait tendus. Aveugle au fait que Dalila ne l'aimait point. « Il s'éprit d'une femme appelée Dalila, dans la vallée de Sorek », se contente d'écrire la Bible. Mais dans cet amour, Samson investit toute son âme et tout son cœur. Tous les sentiments que jamais il n'avait exprimés, il les livra à la femme fatale de la vallée de Sorek, laquelle le remit aux mains de ses ennemis.

Une importante leçon pour les héros

Samson reçut une importante et douloureuse leçon. De terrible manière, il comprit que l'homme ne devait pas compter sur ses seules forces, fussent-elles immenses. C'est ce à quoi il pensa et repensa sans cesse en prison en moulant le blé. Déjà, lors d'un précédent événement, Dieu avait fait signifier à Samson que ses muscles n'étaient point une garantie absolue. Après avoir frappé mille hommes, Samson avait entonné un chant de gloire : « Par une mâchoire d'âne, mille hommes en déroute. » Mais à l'heure la plus chaude du jour, une soif terrible l'avait pris et il avait manqué mourir de déshydratation. Dans sa détresse, il avait adressé une prière dénotant un certain repentir d'avoir un peu plus tôt fanfaronné : « Toi qui as assuré à la main de ton serviteur cette grande victoire, le laisseras-tu maintenant mourir de soif et tomber au pouvoir des incirconcis ? » Alors Dieu avait fait surgir une source et Samson avait eu la vie sauve. L'histoire de Dalila, de même, prouve que Samson n'était pas à l'abri de quelque mauvais coup et que sa force lui était donnée par Dieu. Les cheveux coupés, cette chevelure que Samson avait laissée pousser en vertu du vœu du nazirat, symbolisaient l'éloignement de la bonté divine. À présent, à l'heure où Samson se trouvait face à son dernier acte de bravoure, la chute du temple philistin, il ne faisait plus confiance à ses cheveux qui pourtant avaient repoussé, ni à ses bras vigoureux. Il adressa une prière à Dieu. Pour la première fois, Samson lui demandait son aide avant de se mettre à l'œuvre. Il avait retenu la leçon et savait à quel point même un homme tel que lui restait dépendant du soutien moral de Dieu. « Seigneur Élohim ! dit Samson à son créateur, daigne te souvenir de moi ! daigne me rendre assez fort — cette fois seulement, mon Dieu ! — pour que je fasse payer d'un seul coup mes deux yeux aux Philistins ! » Alors qu'il se trouvait entre les deux piliers, Samson parvint au sommet de la purification spirituelle du croyant. Il prononça une prière personnelle hors de toute référence religieuse habituelle. Ni de temple, ni d'autel, ni de prêtre pour intercéder entre lui et son Dieu, pas plus que de recueil de prières rédigé par d'autres. En réalité, la prière de Samson le crédita d'un soutien et d'une aide célestes confortant son suicide — acte clairement paradoxal et exceptionnel. Là, entre les piliers du temple, entouré de la foule de ses ennemis, se tenait un autre Samson. Non le sauvageon au sang chaud, non l'attrapeur madré de chacals ni le gai et insouciant ramasseur de miel, amateur de femmes et vedette des fêtes philistines. Se dressait là l'ermite solitaire de la tribu de Dan avec en son cœur le souffle divin, ce même souffle qui avait commencé à battre en lui entre Corea et Echtaol et qui à présent revenait le fortifier en ses derniers instants.

CHAPITRE 15

Sur l'aire de Bethléem

> « C'est ainsi que Noémi était revenue des plaines de Moab, accompagnée de sa bru, Ruth la Moabite. Le moment de leur arrivée à Bethléem coïncidait avec le début de la moisson des orges. »
>
> Ruth I, 22.

Nombreuses sont les aires auxquelles il est fait référence dans la Bible, mais la plus célèbre est celle des orges de Booz à Bethléem, où il se retrouva pour la première fois seul en compagnie de Ruth la Moabite. Autour de cette aire romantique se sont penchés les exégètes traditionnels à l'instar d'une horde de tantes pudibondes déterminée à la fouler à la herse des lois de la jurisprudence, du lévirat et de la conversion au point de perdre toute la fraîcheur de l'histoire. Il s'agit d'abord et avant tout d'une histoire humaine d'amour passionné, et qui oublierait cela se fourvoierait grandement.

Comme on s'en souvient, Ruth était une jeune femme moabite. Elle et sa sœur Orpa avaient épousé deux frères qui avaient quitté Israël et émigré à Moab pour des raisons économiques. Comme leurs noms l'indiquent, Mahlon et Kilion[1] moururent tous deux prématurément. Leur mère, Noémi, décida de rentrer à Bethléem, et Ruth, extraordinairement dévouée à sa belle-mère, la suivit. De retour chez elle, Noémi se retrouva au bord du gouffre. Elle n'avait plus ni mari, ni ressources et son bien avait été hypothéqué. En ce temps-là l'on n'avait point coutume d'octroyer de privilèges à ceux qui rentraient au pays. Noémi comprit que sa jeune et charmante belle-fille était leur seule chance d'échapper à leur misérable statut de pauvres glaneuses de céréales. Les deux veuves, à juste raison, aspiraient à se trouver quelque soutien, et à ne pas être dépendantes de la compassion de bonnes âmes. « Or, Noémi se connaissait un parent de son mari, un homme considérable par sa richesse, de la famille d'Élimélec, et qui se nommait Booz. Ruth la Moabite dit un jour à Noémi : "Je voudrais aller dans les champs glaner des épis à la suite de celui qui me ferait bon accueil." » D'aucuns interprètent « celui » comme un quelconque propriétaire terrien. Je glanerai là où l'on m'y autorisera semble-t-elle dire. Mais l'on peut aussi fort bien entendre par là le bon accueil que fera Booz. Il s'avère alors que Booz était dès le départ l'objectif poursuivi par les deux femmes. La suite de l'histoire prouve que cette interprétation est la plus vraisemblable. Ruth arriva donc dans le champ de Booz. La Bible formule ainsi les choses : « Le hasard l'avait conduite dans une pièce de terre

1. « Mahlon » renvoie à *mahala,* maladie, et « Kilion » à *kila'ion,* anéantissement.

appartenant à Booz », autrement dit, ce n'est pas intentionnellement qu'elle parvint jusque-là, mais fortuitement. Et si c'était véritablement le fruit du hasard, nul doute que ce ne fût un heureux hasard. Il existe un midrash sur ce verset dans le Yalqout chimoni qui fait preuve d'originalité en prétendant que « le hasard l'avait conduite... » aurait pour signification : « qui la voyait, éjaculait aussitôt[1] ». Booz arriva à son champ et Ruth apparemment lui fit forte impression. L'histoire ne dit pas s'il éjacula, mais sa première question au chef des moissonneurs fut : « À qui cette jeune fille ? » Ainsi, de manière littéraire détournée et subtile, le rédacteur nous apprend qu'au premier regard le cœur de Booz s'embrasa. Était-ce de l'amour ou ne s'agissait-il pour Booz que d'un intérêt prosaïquement masculin pour la nouvelle volontaire arrivée à l'exploitation ? Cela relève de l'interprétation personnelle. Mais c'est un fait que Booz se comporta à l'égard de Ruth différemment d'avec les autres pauvres femmes. Il insista auprès d'elle pour qu'elle n'aille « pas glaner dans un autre champ », ordonna à ses serviteurs de lui donner à boire et à manger, les mettant bien en garde de ne pas la toucher. Il est facile d'imaginer le triste sort qui pouvait échoir aux jeunes filles indigentes qui n'avaient pas de protecteur. Alors qu'elles marchaient courbées par terre, moissonnant aux bords du champ, elles devaient souffrir l'affront et la grossièreté des autres ouvriers, pourvu seulement qu'ils les laissassent assouvir leur faim et rapporter chez elles quelque

1. Le midrash joue sur les mots *yakar,* il advint, et *keri,* pollutions.

nourriture. Nos Sages un peu contrariés par l'enthousiasme de Booz envers la jeune Moabite cherchent à nous convaincre que Booz fut particulièrement impressionné par la modestie de Ruth qui « glanait debout les épis droits — et s'asseyait pour les épis cassés ». Jamais elle ne se serait courbée comme les autres jeunes filles effrontées du village. Rentrée le soir chez elle, Ruth raconte la bonté de Booz à Noémi, laquelle réagit de manière pragmatique : « Cet homme nous touche de près : il est de nos parents. » Avec la fin de la saison de la moisson, après que Booz et Ruth s'étaient rencontrés chaque jour au champ, Noémi comprit qu'il fallait battre le fer tant qu'il était chaud. La vieille femme maligne décida de passer à la deuxième étape, celle de l'appât et du piège. Le troisième chapitre du livre de Ruth décrit une scène de séduction aux allures bucoliques, remarquablement écrite, où l'on retrouve Noémi derrière sa belle-fille semblant tirer habilement les ficelles d'un théâtre de marionnettes. Ruth est dépêchée sur l'aire, forte d'une multitude de bons conseils prodigués par sa belle-mère : « Ma fille, je désire te procurer un foyer qui fasse ton bonheur. Or, Booz, avec les servantes duquel tu t'es trouvée, n'est-il pas notre parent ? Eh bien ! Cette nuit même il doit vanner les orges dans son aire. Tu auras soin de te laver, de te parfumer et de revêtir tes plus beaux habits ; puis tu descendras à l'aire, mais tu ne te feras pas remarquer de cet homme, avant qu'il ait fini de manger et de boire. Puis, quand il se sera couché, tu observeras l'endroit où il se repose ; tu iras découvrir le bas de sa couche et t'y étendras : lui-même, il t'indiquera alors ce que tu devras faire. »

Ces simples versets recèlent une grande intelligence. Noémi fait confiance aux lois naturelles et sociales les plus fondamentales. Elle envoie chasser Ruth, lavée, pomponnée et parfumée, plus belle et attirante encore qu'elle n'était apparue dans le champ de froment. Elle l'avertit de ne pas approcher l'homme avant qu'il n'ait terminé son repas parce qu'elle sait qu'un homme fatigué et affamé est susceptible de se comporter comme une bête nerveuse tant qu'il n'a pas rempli son estomac. Ce détail mis à part, Noémi programme pour Ruth une entrée en scène plus directe et d'une manière qui surprendra l'heureuse victime. Selon ses ordres, Ruth découvre les jambes de Booz après qu'il s'est endormi. Un vent frais se met à souffler à minuit dans les collines de Judée, et Booz, qui n'est pas convenablement couvert, se réveille. « Cet homme eut un mouvement de frayeur et se réveilla en sursaut, et voilà qu'une femme était couchée à ses pieds. » L'exégèse traditionnelle dresse ses batteries dès lors qu'il s'avère que Ruth va demeurer seule avec Booz sur l'aire. Nos Sages, n'étant pas sans savoir que l'aire est un lieu romantique, ont à présent recours à quantité d'interprétations figurées ou dialectiques pour empêcher le lecteur d'imaginer qu'il aurait pu se passer là quelque chose d'inconvenant, indigne des ancêtres du roi David. Rashi, qui d'emblée nous annonce que Booz était assis dans l'aire et « s'adonnait à l'étude de la Loi », s'empresse de nous dire que Booz « posa la main sur sa tête et vit qu'il s'agissait d'une femme ». De même Ibn Ezra de peur que Booz n'examine le personnage à ses côtés d'une peu chaste manière affirme qu'il « se peut qu'elle lui ait dit de ne pas avoir peur, et qu'une voix féminine se reconnaît toujours ; la lumière de la lune était à ce point forte qu'il vit qu'elle n'avait pas de barbe et qu'il put ainsi l'identifier à ses vêtements ». Dans Ruth Rabba, toute une discussion juridique est consacrée aux deux personnages : « Il lui dit : "Qui es-tu ? Un souffle d'air ou une femme." Elle lui répondit : "Une femme." "Libre ou mariée ?" Elle lui répondit : "libre". "Pure ou impure ?" "Pure", dit-elle. » Le point de départ apologétique de ces commentaires est que Ruth était venue discuter avec Booz de la question du rachat, mais, entre les lignes, la Bible nous apprend que Booz, lorsqu'il se réveilla, sentit aussitôt qu'une femme était couchée près de lui. Sa première question « Qui es-tu ? » est formulée au féminin et témoigne qu'il ressentit qu'une femme était couchée à ses côtés et non un souffle ou un quelconque Juif barbu. « Je suis Ruth, ta servante ; daigne étendre le pan de ton manteau sur ta servante, car tu es un proche parent. » C'est ainsi que Ruth, innocente et humble, répond à Booz. En surprenante opposition à ces chastes chuchotements, les narines de l'homme ont déjà perçu la bonne odeur de l'huile de myrrhe dont Ruth a enduit ses cheveux, dans la pénombre son corps a senti la chaleur de la jeune Moabite étendue si près de lui, et les conversations érudites quant au lévirat, à la parenté, l'impureté et la pureté qui pouvaient bien préoccuper les Sages d'Israël depuis des générations, Booz et Ruth s'en souciaient alors comme de leur première chemise. Ruth et Booz ne sont pas un couple de jouvenceaux qui découvrent l'amour pour la première fois. Ruth a déjà été mariée, et si sur la situation familiale de Booz nous ignorons tout, ce n'était néanmoins pas une oie blanche, tout comme il est évident qu'il ne fut pas dépucelé cette nuit-là. Lorsqu'il découvre Ruth allongée près de lui, il se doute bien qu'elle n'est pas venue échanger avec lui des impressions sur la moisson de l'orge. Comme deux personnes mûres, ils ont compris la nature de l'attirance qui les avait gagnés pendant la récolte. Sa venue à l'aire prouva à Booz que Ruth s'intéressait à lui, tout comme son attention à son égard lors de moisson avait confirmé l'inclination qu'il avait pour elle. Mais la phrase « daigne étendre le pan de ton manteau sur ta servante » est claire. Ruth lui parle de mariage et non d'une nuit d'amour sans lendemain. Booz se retrouve dans une situation connue et familière. D'un côté c'est un citoyen respectable et considéré qui nourrit de sérieuses intentions à l'égard de Ruth. Mais la proximité excitante de la jolie jeune femme, le décor romantique de l'aire font leur effet comme ils le feraient sur n'importe quel autre homme sain. Ses paroles dévoilent l'effervescence de ses sentiments : « Toutefois, s'il est vrai que je suis ton parent, il existe un parent plus direct que moi. Passe donc la nuit ici ; demain matin, s'il consent à t'épouser, c'est bien, qu'il le fasse ! Mais s'il s'y refuse, c'est moi qui t'épouserai, par le Dieu vivant ! Reste couchée jusqu'au matin. » La loyauté de Booz l'oblige à découvrir à Ruth qu'il existe un homme ayant une plus grande parenté avec elle que lui-même et que c'est cet homme qui l'épousera s'il y tient. Mais son désir pour elle le pousse à dire d'un ton quasi désespéré la phrase finale : « Par le Dieu vivant ! Reste couchée jusqu'au matin. » C'est le verset que l'exégèse a préféré ne pas comprendre. Rashi commente : « Reste couchée jusqu'au matin — sans homme. » Autrement dit, Booz a su dominer ses instincts et a demandé à Ruth de se comporter comme il convient. Cette interprétation va dans le sens des midrashim qui ont précédé : Rabbi Youdan dit « toute la nuit l'instinct du mal l'irrita et le tourmenta, cherchant à le séduire — elle est libre et tu l'es aussi, tu cherches une femme et elle cherche un homme. Possède-la et rachète-la en couchant avec elle ! Mais il jura "par le Dieu vivant" à son mauvais penchant, et dit à la femme "reste couchée jusqu'au lendemain matin". » Rashi ajoute que Booz « jura de ne pas la posséder avant de l'avoir épousée ». Le midrash apporte une autre description émouvante selon laquelle Ruth était restée couchée aux pieds de Booz durant six heures entières et que, « toute cette nuit-là, Booz resta sur le ventre en disant — Maître du monde, vois que je ne l'ai pas touchée ». Les exégètes ont le droit de faire toutes sortes de supputations au même titre que n'importe quel autre lecteur de la Bible, mais il semble que cette fois ils se soient fourvoyés. Ruth et Booz sont un couple parmi tant d'autres amants à s'être ébattus dans une aire. Ce n'est que l'invention de la moissonneuse-batteuse, me semble-t-il, qui mit un terme à cette jolie tradition, mais l'époque était à la faucille et à la gerbe de blé. Ruth descendit dans l'aire et coucha avec Booz car c'est ce que lui avait ordonné Noémi. Cette femme avisée avait bien vu le lien qui s'était créé entre eux. Mais elle aussi, comme Booz, connaissait tous les proches de la famille et savait qu'existait un plus proche parent que lui. Le temps de la moisson passa et Noémi s'aperçut qu'entre Ruth et Booz s'étaient tissées des relations d'amour. Mais Booz, fût-ce par honte ou pour avoir été un citoyen respectable et honnête, ne put concrétiser ses sentiments. L'objectif de Noémi n'était pas de dénicher un simple proche parent, mais Booz en particulier. Elle planifia, attribua les rôles et mit en scène la nuit dans l'aire afin que Booz commence à faire bouger les choses quant au rachat de Ruth. On peut supposer que Ruth fut briefée pour que cette nuit-là sur l'aire apparaisse clairement au futur époux que jamais son chemin ne pourrait croiser une femme comme elle une seconde fois. À bon entendeur salut ! Ruth agit conformément aux instructions de sa belle-mère, y ajoutant même du sien. Cette nuit-là, Booz comprit que la jeune veuve du champ de Moab était une femme d'une espèce rare. Une femme telle que ceux amenés à la rencontrer ne pourraient plus trouver de répit tant qu'ils ne l'auraient possédée. À l'aube, lorsqu'elle rentra et raconta à Noémi ses histoires de battage de blé, la vieille, l'air entendu, répondit : « Cet homme ne se tiendra pour satisfait qu'il n'ait mené cette affaire à bonne fin aujourd'hui. » À présent, Noémi savait que le piège avait marché et que le poisson avait mordu à l'hameçon sans broncher. Et en effet, le lendemain matin, énergique et déterminé, Booz se met à l'œuvre afin d'obtenir Ruth. En dépit de la tempête qui agite son esprit, il planifie précautionneusement ses démarches, sachant qu'il lui faut se débarrasser du parent qui menace ses chances d'aboutir. Booz s'en va à la porte de la ville, rassemble dix anciens et attend le parent. Il ne le convoque pas pour discuter mais attend qu'il passe là par hasard afin que sa passion pour Ruth ne soit pas trop clairement dévoilée. « Veuille t'approcher et t'asseoir là », lui dit Booz lorsqu'il parvient à la porte. Mais sous ce ton détaché se cache une forte émotion. Booz raconte à l'homme qu'une parcelle de terre appartenant à Noémi est à vendre. Il lui propose de profiter de cette heureuse option, ajoutant que, s'il n'en voulait pas, il serait heureux, lui, d'acheter le champ, étant le plus proche parent après lui. « Je ferai le rachat », répond l'homme, mais Booz sort alors sa carte : « Le jour où tu acquiers le champ de la main de Noémi, tu acquiers aussi Ruth, la Moabite, la femme du défunt, pour maintenir le nom du défunt à son patrimoine. » Autrement dit, Ruth est rattachée au champ. Quiconque rachète le terrain doit aussi racheter la veuve. Booz n'oublie pas non plus de rappeler comme si de rien n'était qu'il s'agit d'une Moabite, fille d'un peuple non admis dans la communauté d'Israël. « Je ne puis faire ce rachat à mon profit, sous peine de ruiner mon patrimoine à moi », rétorque alors l'homme. Booz ne perd pas une minute. Aussitôt après la rétractation du parent, il accomplit toutes les procédures juridiques nécessaires, en présence des anciens qu'il a convoqués comme témoin, puis prend Ruth comme femme. L'entreprise de Booz était originale, malicieuse et respectable. La raison du dédit du proche parent ne réside point dans les lois du lévirat et du rachat, mais dans la nature humaine restée inchangée même après l'invention de la moissonneuse-batteuse. Si Booz avait d'abord proposé Ruth, le parent aurait fort bien pu être intéressé par elle. Mais Booz lance ici une

OPA où l'ordre d'apparition des intervenants revêt toute son importance. Il propose d'abord le champ auquel il adjoint ensuite la femme. Ainsi le soupçon s'éveille-t-il dans le cœur du parent comme s'il y avait quelque chose de défectueux dans cette veuve, ne pouvant être rachetée pour elle-même. L'homme croit que le champ est un appât afin que soit trouvée aussi une solution au problème de Ruth. Et il se rétracte au nom de quelque fumeux prétexte : « Sous peine de ruiner mon patrimoine », dit-il. C'est ainsi que Ruth échut à Booz. Ruth prit dans ses rets celui qu'elle aimait, et Noémi s'assura une vieillesse heureuse et respectable. Que celui qui songe à Ruth comme à la première convertie et à l'arrière-grand-mère vertueuse du roi David, grand bien lui fasse ! Les véritables héros de l'histoire restent l'amour, l'intrigue et les charmes d'une nuit d'été sur l'aire dont jamais on ne se lassera.

DU MÊME AUTEUR

Aux Éditions des Deux Terres

LA MEILLEURE FAÇON DE GRANDIR, Éditions des Deux Terres, 2004; Points, 2008.

MA BIBLE EST UNE AUTRE BIBLE, Éditions des Deux Terres, 2008. (Folio n° 5225).

LE PIGEON VOYAGEUR, Éditions des Deux Terres, 2009. (Folio n° 5226).

Chez d'autres éditeurs

QUE LA TERRE SE SOUVIENNE, Albin Michel, 1990, Prix Wiso 1990 pour la traduction.

LE BAISER D'ÉSAÜ, Albin Michel, 1993.

POUR L'AMOUR DE JUDITH, Calmann-Lévy, 1996; Points, 2004. Prix Juliet 1999.

COLLECTION FOLIO

Dernières parutions

5100. Jean Daniel	*Les miens*
5101. Shakespeare	*Macbeth*
5102. Anne Bragance	*Passe un ange noir*
5103. Raphaël Confiant	*L'Allée des Soupirs*
5104. Abdellatif Laâbi	*Le fond de la jarre*
5105. Lucien Suel	*Mort d'un jardinier*
5106. Antoine Bello	*Les éclaireurs*
5107. Didier Daeninckx	*Histoire et faux-semblants*
5108. Marc Dugain	*En bas, les nuages*
5109. Tristan Egolf	*Kornwolf. Le Démon de Blue Ball*
5110. Mathias Énard	*Bréviaire des artificiers*
5111. Carlos Fuentes	*Le bonheur des familles*
5112. Denis Grozdanovitch	*L'art difficile de ne presque rien faire*
5113. Claude Lanzmann	*Le lièvre de Patagonie*
5114. Michèle Lesbre	*Sur le sable*
5115. Sempé	*Multiples intentions*
5116. R. Goscinny/Sempé	*Le Petit Nicolas voyage*
5117. Hunter S. Thompson	*Las Vegas parano*
5118. Hunter S. Thompson	*Rhum express*
5119. Chantal Thomas	*La vie réelle des petites filles*
5120. Hans Christian Andersen	*La Vierge des glaces*
5121. Paul Bowles	*L'éducation de Malika*
5122. Collectif	*Au pied du sapin*
5123. Vincent Delecroix	*Petit éloge de l'ironie*
5124. Philip K. Dick	*Petit déjeuner au crépuscule*
5125. Jean-Baptiste Gendarme	*Petit éloge des voisins*
5126. Bertrand Leclair	*Petit éloge de la paternité*
5127. Musset-Sand	*« Ô mon George, ma belle maîtresse... »*
5128. Grégoire Polet	*Petit éloge de la gourmandise*

5129. Paul Verlaine	*Histoires comme ça*
5130. Collectif	*Nouvelles du Moyen Âge*
5131. Emmanuel Carrère	*D'autres vies que la mienne*
5132. Raphaël Confiant	*L'Hôtel du Bon Plaisir*
5133. Éric Fottorino	*L'homme qui m'aimait tout bas*
5134. Jérôme Garcin	*Les livres ont un visage*
5135. Jean Genet	*L'ennemi déclaré*
5136. Curzio Malaparte	*Le compagnon de voyage*
5137. Mona Ozouf	*Composition française*
5138. Orhan Pamuk	*La maison du silence*
5139. J.-B. Pontalis	*Le songe de Monomotapa*
5140. Shûsaku Endô	*Silence*
5141. Alexandra Strauss	*Les démons de Jérôme Bosch*
5142. Sylvain Tesson	*Une vie à coucher dehors*
5143. Zoé Valdés	*Danse avec la vie*
5144. François Begaudeau	*Vers la douceur*
5145. Tahar Ben Jelloun	*Au pays*
5146. Dario Franceschini	*Dans les veines ce fleuve d'argent*
5147. Diego Gary	*S. ou L'espérance de vie*
5148. Régis Jauffret	*Lacrimosa*
5149. Jean-Marie Laclavetine	*Nous voilà*
5150. Richard Millet	*La confession négative*
5151. Vladimir Nabokov	*Brisure à senestre*
5152. Irène Némirovsky	*Les vierges et autres nouvelles*
5153. Michel Quint	*Les joyeuses*
5154. Antonio Tabucchi	*Le temps vieillit vite*
5155. John Cheever	*On dirait vraiment le paradis*
5156. Alain Finkielkraut	*Un cœur intelligent*
5157. Cervantès	*Don Quichotte I*
5158. Cervantès	*Don Quichotte II*
5159. Baltasar Gracian	*L'Homme de cour*
5160. Patrick Chamoiseau	*Les neuf consciences du Malfini*
5161. François Nourissier	*Eau de feu*
5162. Salman Rushdie	*Furie*
5163. Ryûnosuke Akutagawa	*La vie d'un idiot*
5164. Anonyme	*Saga d'Eiríkr le Rouge*
5165. Antoine Bello	*Go Ganymède !*
5166. Adelbert von Chamisso	*L'étrange histoire de Peter Schlemihl*

5167. Collectif	*L'art du baiser*
5168. Guy Goffette	*Les derniers planteurs de fumée*
5169. H.P. Lovecraft	*L'horreur de Dunwich*
5170. Tolstoï	*Le Diable*
5171. J.G. Ballard	*La vie et rien d'autre*
5172. Sebastian Barry	*Le testament caché*
5173. Blaise Cendrars	*Dan Yack*
5174. Philippe Delerm	*Quelque chose en lui de Bartleby*
5175. Dave Eggers	*Le grand Quoi*
5176. Jean-Louis Ezine	*Les taiseux*
5177. David Foenkinos	*La délicatesse*
5178. Yannick Haenel	*Jan Karski*
5179. Carol Ann Lee	*La rafale des tambours*
5180. Grégoire Polet	*Chucho*
5181. J.-H. Rosny Aîné	*La guerre du feu*
5182. Philippe Sollers	*Les Voyageurs du Temps*
5183. Stendhal	*Aux âmes sensibles* (À paraître)
5184. Dumas	*La main droite du sire de Giac* et autres nouvelles
5185. Wharton	*Le Miroir* suivi *de Miss Mary* Parks
5186. Antoine Audouard	*L'Arabe*
5187. Gerbrand Bakker	*Là-haut, tout est calme*
5188. David Boratav	*Murmures à Beyoğlu*
5189. Bernard Chapuis	*Le rêve entouré d'eau*
5190. Robert Cohen	*Ici et maintenant*
5191. Ananda Devi	*Le sari vert*
5192. Pierre Dubois	*Comptines assassines*
5193. Pierre Michon	*Les Onze*
5194. Orhan Pamuk	*D'autres couleurs*
5195. Noëlle Revaz	*Efina*
5196. Salman Rushdie	*La terre sous ses pieds*
5197. Anne Wiazemsky	*Mon enfant de Berlin*
5198. Martin Winckler	*Le Chœur des femmes*
5199. Marie NDiaye	*Trois femmes puissantes*

Composition Cmb Graphic
Impression Maury-Imprimeur
45330 Malesherbes
le 15 mars 2011.
Dépôt légal : mars 2011.
Numéro d'imprimeur : 163077.

ISBN 978-2-07-034655-4. / Imprimé en France.

171043